JN078175

楊花（ヤンファ）の歌
青波杏
集英社

楊花の歌　目次

第一部

第二部

装画＊たけもとあかる
装丁＊アルビレオ

楊花の歌

第一部

廈門、一九四一年十月二十一日

廈門朝日倶楽部の藍色の壁が暁の赤い色に染まるころ、あたしは千鳥足で帰路につく。もうすぐ水揚げされた魚や、羊の頭、それに色とりどりの貝と南国の果物がならべられる、第八市場のしずかな喧騒を通り抜けて、裏路地のあん摩屋の三階の部屋へ。黒々とした名も知らぬ虫たちがわっと這いでてくる洗面台をものともせず、顔だけは洗って、汗で湿った人絹の青いワンピースを脱ぎすてる。汗くさい寝床に飛び込むころには、すっかり夜が明けた。あたしの一日は終わり、廈門の一日は目覚める。

　最後の日も近いっていうのに、今夜はヤンファと過ごすことができなかった。三ヶ月まえに楊に有無をいわさず紹介された、背の高い細身の女。モダンガールみたいな断髪からのぞく、アーモンド形の大きな目であたしをなめるように見た。泉州出身の李ヤンファといわれたけれど、それが本名じゃないってことはあたしにもわかる。あたしだって生まれたときの名前なんて忘れてしまうくらい、いくつの街をめぐっただろう。繊維会社を経営する父と母のもと、上野で生まれたあたしが、七歳で広島へ、それから台湾に渡って、また広島へ戻ったところで家が傾き、紆余曲折あって大阪の松島遊廓に流れつき、松島京町楼にスミカあり、とまでいわれたのに、それがまたなんの因果か、大日本帝国の辺境、台湾と海を隔てた廈門までやってくるなんて思いもしなかった。

朝日倶楽部での名前はリリー。華南新報の駐在員たちには好評だけれど、帝国軍人たちにはすこぶる不評。もっと日本らしいキクエとかフミヨにしろ、とかなんとか。はいはいっていつもきき流してる。いまの名前は、楊の紹介で朝日倶楽部に入れられたときに、あたしが百合の髪留めを使っていたのを見て、店長の習がつけた。

ヤンファは小柄なひとの多い中国南方にあって驚くほど背が高い。牡丹のような鮮やかな赤い唇と燃えるような琥珀色の目。十分に目立つはずなのに、それでも特別な訓練を受けてきたからなのか、街頭に、雑踏に紛れ込むのがうまい。あたしたちの標的が働いている新東亜タイムズのビルディングななめ向かい、泰山交差点に豆花の粗末な屋台をだしてもう一ヶ月が過ぎるのだけれど、たぶん、あたし以外はヤンファがそこに毎日店を広げていることに気づいていない。いや、大漢路をねぐらにする悪ガキたちは、ヤンファの存在に気づいているかもしれない。店を閉めるまえに、小海老だとか、ピーナッツだとかあまった食材を、野良猫にでも分け与えるように、ヤンファはガキどもに投げる。

あたしは一日に一度豆花を買うふりをして、ヤンファに監視がついていることをそれとなく知らせるのが役割で、そのときに二言、三言隠語を使って情報を交換する。きっとあたしがその任務を果たしているのかどうかも監視がついているのだろうけど、あたしはまだそいつに会ったことがない。それにしても監視に監視がついたら、際限なく合わせ鏡みたいに監視の行列が続きそうで、つまるところそれはどこまでいったら途切れるのだろう。あほらし。

　市場の鶏がけたたましい鳴き声をあげて、窓を閉めると暗い部屋のなか、熱気とすえたにおいがこもる。亜熱帯の十月、二十七歳の女の生活のにおい、下水のにおい、二日まえ体をかさねたあと体を拭いたままのタオルのにおい。ヤンファは、汗と唾液にまみれた体をぬぐうこともなく、そのまま行ってしまった。夜の痕跡を残しっぱなしにして一日豆花を売る。内地にいたころは、一日一度は熱いお湯に入っていたあたしには、とても耐えられない。そういえば、流しにおきっぱなしのマンゴーの種には、蟻とやっぱりなんだかわからない黒い虫がたかっていて、気づいたらあたしたちの夜のにおいと一緒にひどい悪臭がしていて、でも今朝のあたしは、そのにおいに包まれていたいとさえ思う。

「リリーは、耳なめられるのが好きなんやな」

　ヤンファはふれあっている途中でも、思いだしたみたいに話しかけてくる。ほんとうの経歴かは疑わしいけれど、戦争がひどくなるまえは、神戸元町の親戚の家で肉饅頭を売っていたらしい。だから、語彙は少ないのに、日本語のときはいつも関西の言葉だ。日本語のときは、といったけど、あたしはもうすっかり女学校のころにきいたこの地方の閩南語を忘れてしまっていて、ヤンファとはカタコトの北京語と日本語でしか話せない。

「ヤンファはどこが好きなん」

　あたしも大阪にいたころの遠い記憶をたよりにそう話しかける。

「知らん、どこやと思う？　リリー、みつけてみてや」

そういうくせに、あたしがさわる隙をまったく見せないで、ヤンファはあたしの体中を這いまわる。ずるいわ、そういいながらも、虫のように軽やかに、でもねっとりとさぐりつづける指にやられて、あたしは言葉を話せなくなる。赤ちゃんみたいに、ああ、うん、みたいな声をあげる――。

ヤンファとの夜を回想していたら体がすっかり火照ってきた。なぐさめるように、あたしは自分の胸にふれてみる。ヤンファの細くてしなやかな体と指を感じてあたしは声をおさえられない。

――明け方から、あたし、なにしてるんだろ。

市場の軒先に机がならべられるガタガタという音がきこえる。この街の、この薄暗い湿った部屋にきてから、もう数百回はきいた音。あと数日ですべての任務が終わる。あたしはいずれにしても、この街を離れる。内地に戻ることはないだろうから、さらに奥へ奥へと、南方のジャングルのほうまで行かされるのかもしれない。

あたしは、悪臭のなか、重たくなってきた瞼をこすりながら、もう寝なきゃね、と思う。五日後、海軍の船がつく日曜日、機会はたった一度きり。数発の銃弾が、あたしの、ヤンファの、人生をがらっとかえる。それがわかっている今朝のあたしは、まったく神のようだ。

ヤンファが失敗したら、あたしがヤンファを殺さなければいけない。

「ねえさん、リリーねえさん、おるんやろ！」

どかどかと強く扉を叩く音が頭のなかで反響する。まったく、二日酔いで頭も痛いのに、ミヨは遠慮ってものを知らない。壁にかかった八角時計を見ると、十時二十分を指していた。寝入ってからまだ三時間くらいしか過ぎていない。それにしても、十月だっていうのに、うだるような暑さで、体中汗まみれで気持ち悪い。

あたしが鍵を開けると、ミヨはずかずかと入り込んできて「くさい」と一言。ほんと失礼。店にでるときの濃紺の旗袍とはうってかわって爽やかな緑のワンピースを着ている。少しだけパーマが残っているのか毛先が内側にカールしていて、女学生のおかっぱ頭みたいだ。

「ねえさん、なんか腐らせてるん？　なんか……ちょっとよういわんけど、あのとき、のにおい十倍くらいに煮詰めたみたいなすっごいにおい部屋からしてるで」

「あのとき、ってなんのときよ」

「あたし、恥ずかしゅうてよういわんわ……ほら、男のひとが居続けはった朝みたいな」

「いってるじゃない。それで、なんの用？　あたし、朝帰りでまだ眠いんだけど……」

目的を思いだしたのか、急に小鳥のようなかわいらしい表情を浮かべると、ミヨは、うん、あたし来週で台湾行ってしまうやろ、数えてみたらな、きょうくらいしかねえさんとぶらぶらできる日ないんよ、といった。上目遣いで、自分がはねのけられるなんてまったく思ってもいない、小鳥のようなミヨを見ていると、最初のころさんざんかわいがっていたのがうらめしいくらいになってくる。こいつは小鳥なんかじゃない。海岸線で魚網からこぼれる鰯にたえず目を光らせているカモメよりも、はるかにしたたかで抜け目がない。

「台湾なんてすぐ近くじゃないの。たった一晩の距離よ。そんな今生の別れみたいにいわないで」

そういった瞬間、ミヨの表情から演技っぽい小娘らしさがきえて、ねえさん、あたしらみたいな商売で、いつか、なんてないの知っとるやろ、と絞りだすような声でいった。

うっすらと涙まで浮かべているミヨを見ているとなんだかあたしも泣けてきて、すっかり操られているな、と思いながらも、じゃあちょっとそこで待っといて、といって洗面所に向かう。

「あたし、ねえさんのそういう優しいとこ好きやわ」

顔を洗いながら、まえにきいたミヨの長い長い身の上話をなんとはなしに思いだす。そのときは朝日倶楽部での仕事が終わった午前二時から、結局日が上るまで、泣きながら苦難の人生を語るミヨにつきあったのだった。

天草の坑夫の長女として生まれたミヨは十歳で両親を落盤事故で亡くし、十二で芸者として広島の田舎町の遊廓に売られ、十八になるとすぐに娼妓として倉敷の遊廓に転売された。飛び抜けて器量がいいわけでもないのだけれど、気立てのいいミヨはふしぎと客の心を摑むのがうまかった。でも、売れっ妓になったと思ったのも束の間、旅役者に入れ揚げて、借金を増やし、そこからは転がり落ちるように、各地の私娼窟を渡り歩いた。ところが玉の井にいたとき、運良く早稲田に留学していた台湾人の林安国という若者といい仲になり、台湾新竹の春雨工場を継いだ林のあとを追って台湾に渡ったけれど、街でばったり玉の井のころの馴染みに会ってしまったことから、元娼妓であることが林の親戚に伝わり、追いだされるように海のこちら側の廈門に渡ってきた——。ねえさん、世の中、なかなかうまいことといかんもんやね、春枝(チユンチー)も三歳になったばかりのかわいいさかりやのに離れ離れや、そういうミヨの声はあまりにも哀れで、あたしは思わず抱きしめた。少しでも娘のそばにいたいという一心から、客に紹介してもらった台北(たいほく)のダンスホールで働くことにして、来週、出発するらしい。

「ねえさん、あたしなんも食べてへんし、はよして！」

図々(ずうずう)しくそういいながら、ミヨは「バット」に火をつける。また大阪を思いだす煙のにおいが部屋にぱあっと広がる。廈門でそんなの手に入るの、というと、そないなわけないやん、客にもろうたんよ、とばかにするように笑った。

湿気の多い廈門では、ポマードもすぐに汗に溶けてしまって、せっかく美容院でウェーブをかけてもらったのに、毛先がはねてしまっていらいらする。しかたないので大きな赤い薔薇(ばら)の髪留めでごまかした。

外にでると太陽はもうすっかり上っていて、ぎらぎらと肌を焼いた。あたしの住む建物は十九世紀の中ごろに、その当時廈門でずいぶん羽振りのよかった陳何某(ちんなにがし)とかいう蘭印で成功した華僑(かきよう)が建てたビルディングのひとつで、鮮魚や精肉から金物までなんでも揃(そろ)う大きな第八市場の西側に位置している。歩道にはりだすようにつくられた大きなバルコニーの下に支柱がならび（騎楼(チーロウ)というらしい）、その奥に月餅(げっぺい)屋や茶館、饅頭屋などがひしめく路地を十分ほど歩くと、この島で唯一の繁華街、大漢路につきあたる。

　田舎育ちのミヨはこの一角を、廈門銀座（ぎんざ）、とか呼んでいるけれど、子どものころほんとうの銀座にも行ったことのあるあたしにいわせると、こんなのはせいぜい地方都市の繁華街の賑（にぎ）わいだ。

　そんなことを考えながらミヨの顔を見ると、亜熱帯の太陽すら恥ずかしくなるくらい、目を輝かして、露天でうまそうに湯気をあげる蒸籠（せいろ）のちまきをながめている。

「あのきれいなひと今朝はおらんねんな」

　ミヨが指差す先を見て、あたしは一瞬息が詰まる。それは毎朝ヤンファが屋台をだしている煙草（たばこ）屋の角だった。だれのこと？　あたし、知らないわ、と何気なく答えたけれど、声が少しうわずっている気がする。

　ミヨはあたしの顔を意味ありげにじっと見ると、ふーん、まあええけど、といって、大漢路を海に向かってどんどん先に行ってしまった。あたしは、いつもヤンファがしているように、泰山交差点から小さな鐘楼（しょうろう）のある新東亜タイムズのビルディングを見上げる。いま窓が開いている四階の社長室には岸（きし）が数名の護衛といるはず。ヤンファは、きょうから数日かけて逃走経路を確認し、司令班とも接触して銃を手に入れるのだと、こっそり教えてくれた。ここにいないってことは、もう岸の毎日の行動はすっかり頭に入ったのだろう。

「ねえさん！　おいてくで！」

　ミヨの声にはっとして、あとを追う。あたしたちが歩く道はいつもたいてい同じだ。牡蠣（かき）の殻をむき続けるおばあさんたちが軒先に座る海鮮料理店のまえを通り、大きなヤカンから湯気が立ち上る茶館も通り過ぎると、車やバスの走る大通りにつきあたる。通りを渡る。大きく枝を広げた榕樹（ようじゅ）が心地よい木陰をつくる海岸沿いの遊歩道を歩くと、すぐに連絡船の発着所にでる。あたしたちは、アイスキャンデーを買って木陰に座り込む。あたりには、船を待つ数人の欧米人と天秤棒（てんびんぼう）をかついで南国の果物を売り歩いている少女のほかにはだれもいない。

海の向こう側、泳いでも渡れそうなくらいの海峡をはさんで、コロンス島が見える。阿片（あへん）戦争に負けた清（しん）が開港させられたその島は、共同租界になっていて、茶色いレンガや白壁の洋館が立ちならんでいる。コロンス島の名前は、二年まえ、あたしがまだ香港（ホンコン）にいたころに、「コロンス事件」としてはじめてきいた。親日家の廈門市商工会長の誘拐事件を口実に帝国海軍がコロンス島に陸戦隊を上陸させると、それに対抗するように米、英、仏も陸戦隊を送り込んで睨（にら）み合（あ）いになった。だけど、最終的にはその事件をてこに帝国海軍が島の警察権を奪い取ったらしい。ああ、この国はくさりかけのリンゴみたいに、いたるところが虫食いです——きっと楊ならちょっと芝居がかった調子でそんなふうにいうだろう。

太陽はいまちょうど正午の位置にあって、ブーゲンビリアの赤をよりいっそう鮮やかに照らしている。ボタッと大きな音がするので見てみると、椿よりもはるかに大きな木綿花（ムーミエンファ）の赤い蕾（つぼみ）が地面にいままさに落ちたところだった。

——なんて、美しい亜熱帯なの。

身分証明書の上では敵国人のあたしが廈門に住むことができるのは、ここが汪兆銘（おうちょうめい）政府という日本の傀儡（かいらい）政権が治める土地だからだと、ついたばかりのころに、やっぱり楊が教えてくれた。

「ねえ、リリーさん、これだけは忘れないでください。どれだけこの土地のひとがあなたに優しいからといって、それは日本人を赦(ゆる)しているからじゃないんです。いつだってあなたのうしろにいる銃剣を持った軍隊を見ているんです」

　あたしが、楊の話を思いだしてまた少し憂鬱(ゆううつ)な気分にひたっているあいだ、ミヨはなにもいわずに海を見ていた。いつもはあんなにおしゃべりなのに、きょうのミヨはどこかふさいでいるようにも見える。

「どうしたの。なにか心配事でもあるの」

　あたしがいうと、ミヨは、ううん、なんもあらへん、と少しさみしそうに笑った。それから、遊覧船の切符売り場のまえの屋台を指さして、ねえさん、あれ買(こ)うてよ、といつもの調子であまえるようにいった。屋台に並ぶ縁日のリンゴ飴(あめ)のようにつやつやとしたものは油柑(ヨウガン)という果実の砂糖漬けで、あたしはあまり好きではなかった。

「あんなのおいしくないでしょ。苦いし」

「あたし、好きなんやし、そないいわんといて。最後のお願いやし。もうすぐ離れ離れなんよ」

　いつもは化粧で隠しているそばかすがうっすらと残る顔にあどけない笑みを浮かべるミヨはまだ十四、五の女学生のようだ。あたしは、ほんとうにミヨに甘い。結局、串に刺さった油柑を一つ買った。売り子をしていた十歳くらいの女の子は、真っ赤なスカーフを巻いていて、恥ずかしそうに小さく、多謝(トウシャア)、といった。ふだん街でお礼をいわれることなんてないから、ちょっとうれしくてあたしも、トウシャア、とたどたどしく返す。朝日倶楽部では客も同僚も全部日本語で話すから、あたしはこっちの言葉を覚える機会もない。ミヨに油柑を投げるように渡す。太陽の光に青くきらきらと光っている。

　ミヨは目を輝かせて、これだからねえさん好きやわ、このお菓子、宋の時代からあったって物知りの柳さんがいっとった、としゃりしゃりとかたそうな油柑にかじりついた。

「ふーん、宋ねえ。なんで、そんなに屋台の駄菓子とか好きなの」

　しばらく油柑を口に含んでから種を海にはきだすと、ミヨは少しだけ素の声になって、いった。

「ねえさんは、女学校卒やし、わからんやろけど、あたしには、お祭りも縁日も、なーんもなかったんよ。子どもの時分から親の手伝いで石炭拾うて、やっと解放されたって思うたら今度は外にもでれん廓のなかでな。やからいつまでたっても、ねえさんといるときくらいは子どもに戻ろう、思うて」

　あたしがだまりこんでしまうと、ミヨは立ち上がって、さあ辛気くさい話はもうこれまでってことで！　と元気よくいって、海岸沿いの遊歩道を歩きだした。あたしは、また小さなミヨの小さな背中のあとを追うように歩く。

　たしかにあたしは、ミヨに比べたら、世間知らずで、なにが苦労かもよくわからないうちに、周旋人の口車にすっかり乗せられて廓の門をくぐった。十八になるまで、犀星とか朔太郎の詩だとか、藤村の小説のほかは、なにひとつ知らなかったのに。廓に入ってたった一ヶ月でそれまでの人生を心の奥深くに閉じ込めた。思いだすことも懐かしむことも、ただむなしかった。お父さまが子爵さまの投資詐欺の罪をかぶって逮捕されなければ、ニューヨークで株価が暴落することがなかったなら、せめてお母さまの家が援助してくだされば――廓では考えるだけみじめだった。

　散歩の最後には、いつも決まって人力車をつかまえて繁華街からは少し離れた玉沙坡（ユイシャーポー）に向かう。車夫は、へたくそな閩南語で行き先を告げるあたしたちをじろじろと見る。それからぶっきらぼうに、「十五（スーウー）」とか「二十（アルスー）」とか南方なまりの北京語で値段をいう。あまりにも高いときは、ミヨが、もうええわ、と別の車夫を探す（ミヨは驚くほど短気で喧嘩（けんか）っ早い）。交渉がまとまると、車夫は額に汗を浮かべながら勾配のある上り坂を南へ南へと走る。二十分ほどで玉沙坡にたどりつく。

　太平洋に面した廈門で、台風のときに船が波風を避ける内港として玉沙坡は整備された。小さな埠頭（ふとう）には、粗末な漁船がひしめきあっている。魚網を繕（つくろ）う半裸の漁師だとか、浅瀬で蟹（かに）を捕まえるボロを着た子どもたちとか、あたしが子どものころに広島で見たような、たくましさと圧倒的な貧しさが入り混じった光景が広がる。

　気がつけば太陽はもう西に傾いていて、あたしたちは海をのぞむ茶館の二階のバルコニーのいつものテーブルにつく。子どもみたいにバルコニーから身を乗りだして、路地を歩くひとをながめていたミヨがあわてて、身を隠すように頭を引っ込めた。

「あかん、マチコや」

　あたしも通りを見る。青い旗袍を身にまとった、すらっとした背中が見えた。男と手をつないで、向かいの海鮮料理店に入っていく。

　ミヨが隠れながらあたしの顔をちらちらと見るので、大丈夫よ、お向かいの海洋楼に入っていったわ、というと、安心したのか、ふうっと大きく息をはいた。

「マチコって見た目ねえさんそっくりやのに、なんであないいけずなんやろな」

　同じ朝日倶楽部で働くマチコはあたしよりも半年ほどまえに廈門にきたという話で、店では売れっ妓だった。たぶん、いま手をつないでいたのは、常連の寺田っていう日本語教師だ。マチコはこんなに暑い廈門なのに、川田芳子みたいな女優髷をしっかり結っている。大きくて涼しげな目と、愛嬌のある口元、歌うように透き通った声で、似ているといわれたら悪い気はしない。常連客でもたびたびあたしと区別がつかないことがあるらしい。でも、性格はミヨがいうみたいにねじ曲がっていて、あの冷ややかな京都弁で嫌味をいわれなかった同僚はたぶんいないだろう。

「また、なにかいわれたの？」

「ねえさんも知っとるやろ。あいつ、自分もカフェーで女給しよるのに、あたしのこといっつもばかにして、このまえもあたしがスーさんと飲んでたら、すぐうしろの席で、だれかさんはお商売してはったからほんま甘え上手やわ、とかあのむかつく京都弁でいうんやで」

　ため息が漏れる。どうしてあたしたちは、ただでさえ生きづらい商売をしているのに、仲良くやることができないんだろう。上海のダンスホールで働き始めたとき、女給のあいだでも娼妓あがりとそうでない女たちでしばしば対立があることを身をもって知った。あたしは、そのとき楊にいわれて、会社の倒産で職を失ったタイピストという偽りの経歴で通していたから、堅気の側にくくられることが多くて、とても居心地が悪い思いをした。

「ほんとう、いやになっちゃうわね」

「ねえさんは、ほんまあたしなんかにも親切にしてくれてええわ。まるであたしみたいに生きてきた女の気持ち、わかってるみたいやもん」

あたしは、なにも答えないで、曖昧な微笑みを浮かべる。口を開けば楊がつくった嘘の経歴を話すしかなくなるし、ミヨにはできるだけ嘘はつきたくなかった。さいわいそれ以上ミヨはその話を続けなかった。

「でもな、ねえさんは、佐藤さんみたいな親切な馴染みがおってええなあ。あたし、結局、この街じゃぜんぜん稼げんかったわ」

あたしは、佐藤、ときいてまたどきりとする。楊は、この街では貿易商の佐藤と名乗っている。第八市場の部屋は、佐藤の会社の駐在員用の部屋を安く借りている、ときかれたら答えている。そうでなければ、日本語しかしゃべれない女がひとりで暮らしているのは、あまりにも不自然だ。

「馴染みでもなんでもないわ。たまたま香港で路頭に迷っていたときに助け舟をだしてくれたの。あたし、あの人のこと、実はよく知らないの」

よく知らないというのはほんとうのことだ。香港、廈門、街中のどこにいても、必ず楊はあたしをみつけだした。広大なように見えて、この社会にも、言葉のできないあたしの逃げ場はないのだと感じる。また、ため息が漏れた。

ミヨは疑うような目であたしを見た。

「でも、ねえさんの上海時代からつきあいあるんやろ？　香港で再会して、またこんだけ離れた廈門でも一緒なんて馴染みやなかったら運命の赤い糸ってことなん？」

あたしは、ばかなこといわないで、偶然よ、とミヨの肩を軽く叩いた。ミヨは、まあええわ、と手をあげて店番の子を呼び止めると、月餅をたのんだ。ミヨは、この店の緑豆餡の入った月餅がとにかく好物だ。

月餅をリスのように頬張るミヨを見ていたら、数日後にひとを殺さなければいけないという緊張が少しだけほどけていくようだった。

「ねえさん、帰りたいところあるん？」

ミヨはそうきいて、たったいま小さなジャンクが出港していく遠い海の向こうをながめる。あたしは、ミヨが基隆に残してくるほかなかった三歳の娘のことを考えているのがわかっている。ミヨは、いちばん最初に出会ったとき、穴が開くくらいあたしの顔をじっと見つめると、ねえさん、賢そうやし、手紙書いてくれへんかな、といった。ミヨは字の読み書きができないという。

そのときから、わずか半年のつきあいだけれど、基隆の春枝ちゃんに何通手紙を書いただろう。手紙のなかで、ミヨは大漢路の百貨店に勤める化粧品の販売員で、有名な俳優がきたとか、雑誌のモデルになったとか、無邪気な嘘ばかりついていた。それでも、いつも最後は、あなたが見ているのと同じ月をあたしも見ているのよ、で手紙は終わる。それはあたしが上海で楊にきいた中国の古い漢詩に由来するのだけれど、ミヨもすっかり気に入って口癖のように使っている。

「帰りたいところなんて別にないわ。お父さまもお母さまも死んでしまったし、あたし南方の暮らし気に入ってるのよ」

納得していないようなミヨの顔を見て、あたしは、ミヨがいなくなるのはさみしいわ、といった。言葉にしてみて、はじめて実感が迫ってくる。

「ねえさんはずるいわ。あたしにはほんとうのこと、ぜんぜん教えてくれんのやもん。こっちが好きなんて嘘やろ。虫きらいってゆうてたやん」

ミヨは煙草の火を灰皿でけすと立ち上がる。あたしは、これだけ懐いてくれているミヨにほんとうの身の上を話せないことが申し訳ない気持ちでいっぱいになる。それでも、あたしが楊の指示でやってきたことを伝えたら、それはそのままミヨにこの世界に入るか、それとも楊の組織に狙われるかという選択ともいえない選択を迫ることになってしまう。だから、あたしはいつも最後は黙り込む。

大漢路に戻る人力車に揺られて、ミヨの小さな肩の重みを感じながら、あたしはミヨがさっきいった、帰りたいところって言葉を胸のなかでずっと繰り返していた。

――帰るっていったって、あたしの人生がほんとうに始まったのはどこなんだろう。

上海、一九三七年三月九日

上海の港に下りたとき、あたしはただ漠然となにかが始まるように感じた。船の上に漂っている重油のにおい、港で腰をかがめて重い荷物をかつぐボロをまとった苦力たち、特高警察から逃げてここまでたどりついたあたし。目に入ってくるものも、あたし自身の状況もなにひとつ魅力的とはいえなかったのに、あたしはやっと「外の世界」にでたのだと、ひとときの自由の感触をかみしめた。

それにしても桜も間近の三月だっていうのに、凍えるように冷たい風が吹き抜けていく。大陸の奥の奥のほうで凍りついた空気がそのまま海に向かって押しだされてくるみたいだ。カモメが何羽も頭の上を旋回しては、高い建物がそびえる市街へと飛び去っていく。

船で同室だったおかみさんは、ひとりで三人の子どもをかかえて下船の準備で忙しそうだ。横浜で見送ってくれた梁という留学生が、困ったときにはいつでもあのひとにたよればいい、と紹介してくれた。おかみさんは埠頭に立つひとりの男を指差して、「あの人、スミカをたすける、いいね」と上目遣いであたしを見た。あたしがうなずくと思いっきりその太い腕であたしの背中を叩いた。大震災の混乱のなかで夫を殺されたおかみさんがいよいよ生まれ故郷の上海に戻る決断をしたのは、戦火が祖国に迫り、日本での差別が怖かったからだと問わず語りに教えてくれた。

港にきていたパナマ帽をかぶった紳士は、名前を楊文里（ぶんり）といい、横浜の同胞から話はきいていますよ、と優しくあたしのトランクを持った。いつか雑誌で見た芥川龍之介（あくたがわりゅうのすけ）のようなニヒルなまなざしの色男、歳（とし）は三十代後半から四十代前半といったところか。トランクがあまりに軽いのに驚いたのか、楊は、大事なものは日本においてきたんですか？　と冗談めかしてきいた。

あたしは、ううん、それで全部、とだけ答えた。大事なものなんてない。家を離れて、十八歳で遊廓に入ったあたしに、持ってくるものなんかない。奪われ続けたあたしにたった一つ残ったのは先生との時間だった。――それもやつらが踏み躙（にじ）っていったんだ。

楊は、そうですか、と特に感情を含まない声でいうと、では、上海のあたらしい家に行く道すがら、名所案内でもいたしましょう、と待たせていた人力車にあたしのトランクを積み込んだ。黄色い覆いのかかった人力車に乗り込むと、楊は車夫に手短に行き先を伝える。小さな橋、大きな橋、木の橋、鉄の橋、いくつもの橋を渡る。あれがガーデンブリッジ、向こうに見えるのはブロードウェイマンション、と早口で説明する楊の言葉はほとんどあたしには届いていなかった。あたしは、ひとつの人生が終わった安堵（あんど）と、あたらしい生が始まる不安に揺られていた。

あたしの上海での家は、フランス租界というところにあった。十六のころ、一度だけ行った神戸の北野（きたの）坂を思いださせるような、レンガ造りのかわいらしい洋館やモダンなビルディングが立ちならび、プラタナスが植えられた西欧(せいおう)風の街。なんでも、最初の侵略者たるイギリス人やフランス人たちがまっさきに蘇州河(そしゅうが)の南側に自国の領地を確保し、後発の侵略国たる日本はその蘇州河の北側、虹口(ホンコウ)という地区に日本人街を形成しているという。

あたしの軽いトランクを片手で持ってビルディングの階段を上りながら、楊は「家主にはわたしのグリーンランド生まれの友人の妻で北京語もフランス語も話せないといってあるので、もしだれかがきてもわからないふりをしていればいいです」といった。

あたしはただうなずく。どっちにしろ北京語もフランス語も話せないのだから、グリーンランドがどこかわからなくてもまったく問題ない。前世紀の後半に建てられたこの建物には昇降機はないのだという。結局、階段で四階まで上った。

「虹口のほうが日本語も通じて暮らしやすいでしょうが、あなたは美しいので目立つし、憲兵に身元を調べられても困るので、不便でしょうがしばらくここで暮らしてください」

楊のお世辞にちょっとだけうれしくなりつつも、そう、とつれなく答える。褒められたときは、ひかえめに気のないそぶりをするんが長い目で見たらええんよ、って京町楼に入った最初の日にきいた羽衣(はごろも)さんの教えをあたしったらまだ健気(けなげ)に守っている。羽衣さんは、そういってたのに帝大生なんかに入れ揚げて、借金を増やしてばかりだった。

楊がリンゴやパン、干し肉といった食材をおいて部屋からでていって、あたしははじめて落ちついて部屋を見回す。白い漆喰(しっくい)の壁に、高い天井。寝台と机しかない六畳くらいの部屋がひとつと、それよりも小さな台所。窓は台所の高いところにあって、格子が入っている。奥の扉を開けると小さな厠とシャワーがあった。あたしが人生ではじめて持った、あたしひとりの部屋。楊は使用人家族のための部屋だったといっていたけれど、あたしには十分すぎる広さだった。

窓から外をのぞくと、灰色の都市の色がどこか寂しい。

「先生、あたし、ずいぶん遠くまできたもんだねえ」

そうつぶやいてみると、ひな祭りの晩、最後に楼で先生に会ったときのやりとりを思いだして泣けてきた。エスペランティストなんて、平和主義者っていったって小者もいいとこですから、日本中のアナーキストや共産主義者が全滅するまで、やつら歯牙にもかけませんよ、って飄々としていた先生。もし、そのあとになにが起こるのかわかっていたら、なんでそんなに楽観的なんですかって頰くらい叩いていただろう。


楊やその使いの少女が届けてくれる食べものにもやや飽きて、そろそろ自由に街を歩きたいと感じ始めたころ、楊があたしの仕事をみつけてきた。北四川路という大通りにある楊の知り合いが経営するダンスホールの女給だという。

「虹口の日本人の客が多いですから、日本語しかできないあなたにうってつけの仕事でしょう」

そう皮肉めいた調子でいう楊の顔を見ながら（楊は三日目あたりであたしが外国語がまったくできないとわかると露骨にからかってくるようになった）、あたしは楊の皮肉よりも、上海であたらしい道が拓けると漠然と思っていた自分のおめでたさをうらんだ。なんのことはない、海を渡っても、あたしは偽名の上にさらに源氏名を持つのだ。楊のいうように日本語しかできないあたしは、日本人相手の仕事しかできなかったし、十八から廓にいたあたしが働けるのは結局水商売だ。

「わかりました。それでいくらあなたに渡せばいいの」

楊は驚いた顔をして、誤解しないでください、わたしはただ異国で困っている同志に仕事を紹介するだけです、あなたの楼主ではありませんよ、お金はいりません、とあわてて打ちけすように手を振った。

あたしがヒモ扱いしたことは楊の自尊心を大きく傷つけたようだった。あたしが謝ると楊は、感情のよめない表情を浮かべて「ただ――よかったら――わたしは表向きの仕事は写真屋を名乗っていますが、実は本業は雑誌社の記者でして、ダンスホールの客層や、お客が話したことなんかを教えてもらえるとありがたいのです。どこの国でも読者はゴシップに目がないですから」といった。

あたしは、お安い御用ですわ、と答えながら、かすかな違和感を覚えた。あたしが楼で出会った記者連中に比べると、楊は気品に満ちていたし、なによりもペンダコひとつないきれいな指をしていた。大陸では、記者は専属の口述筆記タイピストをかかえているのかしら。

蝴蝶(こちょう)ダンスホールは虹口の日本人街の外れにあった。そこでのあたしの源氏名は清香(きよか)になった。きよか、キヨカ、と何回か口にだしていってみる。松島でのスミカにも似ていて、あたしの生まれたときの名前にもちょっとだけ似ている、清香。キヨカさん、まあ新規蒔(ま)きなおしだし、よろしくたのむわ——そういうと、なんだか少し元気がでたような気がする。

店での服装は海老茶色の着物に白いエプロンというい わゆる一般的な女給スタイルだった。客が入ってくると陽気に、いらっしゃいませ、と日本語で挨拶をし、テーブルに案内し酌をする。入り口付近は丸テーブルを囲むようにソファーがおかれ、その奥が広いダンスホール、いちばん奥がステージになっていて、十名ほどの楽隊が演奏していた。松島にいるころ客にさそわれて何回かダンスホールにも行ったけれど、官憲にさんざん圧迫されていた内地に比べれば、女給も客も自由に相手を選びながら踊ることができるここは、はるかに開放的に感じる。

最初のうちは、ダンスも踊れないし、京町楼とはぜんぜん違う接客で戸惑ったけれど、あたしの教育係を引き受けてくれたミツエという朝鮮人の女の子が懇切丁寧に教えてくれたのでダンスもすぐに踊れるようになった。いまだに野暮ったい女優髷のあたしと違って、ミツエは上海の流行の最先端の美容院で、フランス人みたいな断髪にしていて、ダンスも上手だったので店ではいちばん人気があった。

「キヨカさんは筋がいいわね。はじめてって嘘でしょ」

「ううん、内地で働いてたころ、何回か同僚にさそわれて見にいったことがあるくらいよ。ミツエさんこそ、ほんとうにすてきね。いつダンサーになったの？」

あたしが興味を示したことがうれしかったのか、夢二（ゆめじ）の描く少女みたいに目をきらきらと輝かせてミツエはこれまで何度も繰り返しただろう身の上話をしてくれる。

「わたし、ほんとうは女優になりたかったの。十九のころ、運よく小さな歌劇団に入れたんだけど、入ってすぐに賃下げ反対のストやってね、みーんな解雇されちゃったのよ。それからは新宿とか銀座のダンスホールを転々として、でもお金もたまらないし、悪い男には言い寄られるし、警察の弾圧で店は営業停止になるし——そんなときに上海の従兄弟がこないかってさそってくれたのよ。いまは従兄弟のうちにいるの。そういえば、キヨカさんは大陸になにを求めてきたの」

きれいな目をしてじっとあたしを見てくるミツエになにもほんとうのことがいえないのを心苦しく感じる。あたしは、働いていた銀座のカフェーが不景気でつぶれてしまって、そのときの常連さんが上海で起業するのにタイピストとしてついてきた、という楊が用意してくれた偽の経歴を話す。ほんとうはタイプライターなんてさわったこともないのに。

「でも、その常連の白石っていうのがとんだ食わせ者でね、こっちで女に入れ揚げて、会社の金を使い込んで最後には夜逃げ、あたしは渡航のときに親戚にした借金だけが残って、取引先だった木村さんの紹介で働くことになったの。まったくついてないわね」

木村というのは楊のことだ。この店の日本人客のなかでは、写真館の経営者として知られていた。あたしは京町楼にいたころ、あたしが立て替えた百円近くの大金を踏みたおして行方をくらました銀行員の白石の憎たらしい顔を思い浮かべながら、さもそれが真実であるかのように話す。

ミツエは、ほんとついてないわね、と相槌をうちながら、カバンからぼろぼろになった文庫本を一冊取りだして、渡してくれた。もうすっかり表紙の文字が薄れていたけれど、それはあたしが女学校時代にバイブルのように持ち歩いていた、朔太郎の『月に吠える』だった。

「よかったら、これ貸してあげるわ。詩の言葉ってすてきよ。わたしが学校で最初に読みたいって感じた日本語だったの。感想きかせてね」

あたしはミツエのことがすぐに好きになった。

店には日本人の女給が八人、朝鮮人が三人いたけれど中国人はオーナーの薛だけだった。薛は、どこまで信じられるかわからないけれど、楊が早稲田に留学していたころからのつきあいの長い友人であるらしい。

楊が、客筋はいいですよ、と最初にいっていたように、百貨店の役員から、銀行の頭取、海軍のお偉いさんまで出入りしていた。閉店まえにはいつも決まって楊がやってきた。蓄音機の隣の薄暗いテーブルに腰掛けて、楊はひとりで酒を飲む。

「キヨカさん、お店にも慣れたみたいですね、入り口の順位表でもう三番目でしたよ」

週のテーブル指名ごとに席順が貼りだされるのは、廓とかわらない。

「あんなのはときの運よ。来週にはきっと下がってるわ」

「ご謙遜を！　キヨカさんの魅力にみんな惹きつけられてくるんです。わたしもそのひとりですよ」

お酒がまわると楊はいつになく饒舌になった。お世辞だとわかっていても、ついサービスしたくなって、その日客からきいた話を楊にきかせる。

「海軍さんたちが今度橋の向こう側に娼婦を集めて、軍隊専用の遊廓を開くんだって。女は軍属扱いになるし、なんだって手に入るからおまえもどうだって川上さんがいってたわ。もちろん断ったけど」

楊は氷の浮いたグラスを揺らしながら、どこから女を集めるんでしょうねえ、それにしても日本の軍隊ときたら、と小声でいう。

「なんでも虹口市場で乾物屋をやっている吉田とかいう海軍あがりが内地で集めてくるんですって」

「なるほどあきれた執念ですね――そういえば、このまえおききした『上海日報』をめぐる噂はどうですか」

「やっぱりそうとう腹を立ててるみたいよ。ああいうエセジャーナリストが抗日をあおるから事態は悪くなる一方だ、とか警察署長がいってたわ。でも、おれには腹案があるんだともいってたし、近々一斉取り締まりがあるのかも。あなたも気をつけてね」

冷ややかな楊の視線であたしは話しすぎたことに気づく。楊はこの店では写真館の経営者で通っているんだった。ごめん、と視線で伝えると楊はしずかにうなずいた。楊は懐から手帳をだして、あたしが伝えたちょっとしたできごとやひとの名前をメモする。

楊との会話は、ほかのテーブルからの指名やオーナーが楊への電話を取り次いだことでしばしば中断したけれど、いつも最後はフランス租界のあたしのアパートまで人力車で送ってくれた。楊は送ったあとには、絶対に部屋には入ってこなかったし、あたしに指一本ふれようとしなかった。日本にいたころ、まるで犬か猫のように扱われていたあたしは、そんな楊の紳士的な態度は少しうれしかった。それでも、楊がふとした瞬間にぞっとするような冷たい目をすることにもあたしは気づいていた。酒のつまみのように楊に話していたことが、諜報という活動にあたるのだ、と気づいたのは、ずいぶんあとのことだ。

七夕の夜、お店は大賑わいで、あたしは外の空気が吸いたくなって、オーナーに一声かけて店をでた。夜も十一時をまわったというのに、北四川路を歩くひとは途切れることがない。空気は上海に下りたったときに感じた冷たい春の吐息から、真夏の熱気にかわっていた。それでも、その晩あたしはどこか気分が晴れなかった。

店のきらびやかな電飾看板のちょうど陰になった非常階段のところに座り込んでいるミツエが見える。店の制服から青い旗袍に着替えているから仕事はもう上がりなのだろう。このごろは楊も忙しいのか店に顔をださない晩もあって、そんなときはたびたび人力車を呼んで、虹口とフランス租界のあいだにあるミツエの住まいを経由して、あたしの部屋に帰ることがあった。今夜は少しまえから見ていなかったから、もう先に帰ったのかと思っていた。

「ねえ、ミツエさん、煙草一本持ってない？」

あたしがそう声をかけると、ミツエは顔をあげた。まつげが涙で濡れていた。息をのむ。女優になりたい、といっていたけれど、いまのミツエは活動写真のなかで見たどの女優よりもきれいに思えた。

「わたしさいきんやめたのよ」

そういってミツエは笑顔をつくると、ごめんなさい、といって白い手で涙をぬぐった。

あたしは、どんな言葉をかけていいのかわからなかったから、とにかくミツエの隣に座る。暗闇のなかで、あたしたちは明るい街をゆきかうひとたちをながめる。松島遊廓にいたころ、よくこんなふうに羽衣さんと京町楼の外を通り過ぎていくひとたちを見たことを思いだす。

しばらくして、いつもと同じような人懐っこい笑みを浮かべると、ミツエは、ごめん、きいてもらえる、と小さな声でいった。あたしはうなずく。

「あなたは信用していいよね。だれにもいわないって約束して――兄さんがね、神田にいるんだけど、特高に捕まったってさっききいたのよ――」

あたしは先生のことを思いだして、どうして、と気づいたら大きな声をあげていた。

若い遊び人風のふたり連れが階段に座っているあたしたちを見つけたのか、口笛を吹いた。ミツエは犬でも追い払うように、入り口はあっちよ、と指さす。男たちは、気取ってやがらあ、といいすてて、歩き去った。

「ねえ、あなたを信じてるからいうのよ」そういうと声を一段と低くして耳元に口を寄せてミツエはいった。

「――兄さんね、朝鮮プロレタリア文学運動に参加してたの。だからまえから目をつけられてたんだけど、先月発行した雑誌で詩のなかに朝鮮語を使ったんだって」

「それが罪なの？」

あたしがそういうとミツエはため息をついてそれから悲しそうな声でいった。

「日本のひとにはわからないわよねえ。朝鮮語を使ったり、書いたりするだけで、独立運動を扇動したって治安維持法違反よ。兄さん、二、三年でられないかもしれないって――」

あたしがなにも答えられずにいるとミツエははじめて会ったときみたいにあたしの目をまっすぐに見た。それは、悲しみというより、深い深いあきらめの色のようで、あたしは思わず目をふせた。ミツエは、ふっとさみしい笑みをもらすと、あたしの肩に頭をもたせかけた。

「もういいわ。わたしに今晩必要なのは言葉じゃないってわかってるの。だから、ごめん、しばらくこうしててもいいでしょ」

あたしが無言でうなずくと、ミツエはあたしの肩にそっと手をまわした。ミツエにふれられている肩が熱かった。少しアルコールのにおいの混じった吐息が肩にかかる。それは廓で客の相手をしているときと似ているようで、どこかぜんぜん違う感触だった。

――あたしは、肌の熱を求めてるんだ。

これまで廓のなかでは、先生にだって感じたことのない、直接肌にふれたいという欲求。

あたしは、子どものように身を丸めているミツエの首筋に、おおいかぶさるようにして軽く唇をあてた。フランスの流行だってまえにきいた香水と、汗の混じった強い肉感的なにおいに、かすかなめまいすら感じる。一瞬、はるか昔に見た映画の一場面のような映像が浮かんだ。春の靄(もや)がかかった川のほとりで、少女のあたしがいまと同じように、だれかに口づけをしている。あたしの目のまえには、やっぱり幼い顔をした女の子――。そのイメージにもう少しで手が届きそうだと感じた瞬間、ミツエの軽やかな笑い声がきこえた。

「キヨカはあたたかいなあ、東京に残してきた妹を思いだすわ」

あたしは、とりあえずミツエに受け入れられていることにほっとする。しばらくして、夜風に体が冷えてきたのか、ミツエは軽く身震いすると、さあ、そろそろ帰りましょ、と笑った。

その晩から、ミツエはときどきあたしの部屋を訪れるようになった。今夜はひとりじゃ寒いのよねえ、とかいいながら、飼い猫のように布団にもぐりこんできた。あたしたちは、幼い姉妹のように、じゃれあいながらいつしか眠りに落ちていた。口づけも肌に指を這わせることもないけれど、そうやってミツエと夜を過ごすたびに、あたしのなかのすり減り切ったなにかが、少しずつ回復していくような、ふしぎな温かさを感じた。

あたしが大人になってはじめて過ごした穏やかな日々は、貪欲な日本軍の砲声であっけなく終わりを告げた。

日本軍が北京郊外で起こした七七事変のことは、楊に紹介された蘇という雑誌社の男からきいていたから、八月に上海が戦場になったことにはそれほど驚かなかった。つぎつぎに入ってくる情報によると、帝国の軍隊は、八月二十三日に上海の東の川沙鎮と、黄浦江の河口である呉淞鉄道桟橋付近から上陸し、中国の国民政府軍と交戦状態に入ったという。遠くできこえた砲声が日に日に近くで響くようになってきて、自分たちは安全だとたかをくくっていたはずの租界の住民たちでさえ、外出を控えるようになってきた。

そのころになると、あたしの部屋を密談場所にしていた楊や蘇が険しい顔をして、北京語で、日帝、日本軍といっていたり、やはり似たような顔をして国民政府とか南京とかいっていたりするのもききとれるようになっていた（当然、ふたりにはいわない。あたしは、なにも知らないふりがいちばん安全だとわかっている）。かれらがどうやら共産党の党員かシンパだってことにそのころ気がついた。先生は、エスペランティストのふりをしていたけれど、実際には共産党員だったのかもしれない。

ダンスホールの常連だった佐々木という情報通の記者がいうには、日本の軍隊を迎え撃つ中国の軍隊も一枚岩ではないという。表面的には蔣介石の国民政府と毛沢東の共産党は十年続いた内戦を休止して、日本との戦争のために協力するふりをしながら、水面下では情報戦や、ときには直接的な暗殺などでお互いの戦力を削ることに腐心しているらしい。

そんな話をきけばきくほど、あたしは自分が立っているのは、実は驚くほど薄い氷の上だと感じずにはいられなかった。楊が親切心であたしの庇護者になっているわけではないことはもうわかっていたし、たとえ紳士的に見えても楊の指令に従う以外にあたしがこの場所で生き延びる方法はなかった。

楊の使いのリンという少女が届けてくれる食料が目に見えて減ってきて、ダンスホールの同僚たちからは毎日のように米や野菜の値段が二倍三倍になっているときいた。そのうち少女ではなく楊が食料を持ってくるようになったのできいてみると、リンは砲撃で家を焼かれたので親戚をたよって広州に行ったのだという。内地でははるかに遠かった戦争は、日々迫ってきて、あたしはこの街に生きるひとの恐怖と、家を焼かれたひとの怒りと悲しみをすぐ近くで感じる。

突然、夜中に部屋の扉を叩く音がして、灯りはつけずに耳をすますと、押し殺したような楊の声がきこえた。

「明日の朝、街を離れます。持ってきたトランクに入るものだけ持って、六時に下の通りで待っていてください」

あたしがなにかを質問するより早く階段を下りていく足音がきこえた。ひとつため息をつく。あたしのはじめてのひとりの部屋、はじめて自分の呼吸を感じた部屋とのお別れは思いの外つらかった。

すぐに夜はあけて、ミツエに別れを告げるひまもないまま、ついたときと同じように黄色い覆いの人力車に楊と一緒に乗って、港へ向かった。朔太郎の詩集だけは、楊にたのみ込んで、ミツエの住まいの郵便受けに入れてもらった。


船が南へ南へ進むと、甲板を吹き抜ける風が暖かく、湿り気を帯びていく。少女のころ一時期を過ごした基隆の夜を思いだして、どこか懐かしかった。三日目の朝、やっぱり上海から逃げてきたひとたちがひしめく広州に下りたって、それからたった三日後には、敵国人として香港に強制退去させられることになる。

あたしの人生は、あいかわらず定まる場所にたどりつかないようだった。

廈門、一九四一年十月二十一日

朝日倶楽部に最後の出勤をするミヨと大漢路で別れたとき、もうすっかり日が暮れていた。月に一回しかない休日なのに、結局いちにちミヨにつきあってしまった。もう会えないっていうミヨのセンチメンタルなムードにすっかり魔法をかけられたみたいだった。あたしは、上海や、それから二年近く過ごした香港の裏路地を懐かしく思いだしたりしながら、灯りがともり始めた店の軒先を歩いた。

白熱灯で照らされた薄暗い階段を上って、部屋のまえの廊下に視線をやって一瞬どきりとする。暗闇のなかで、大きなヤマネコのような目があたしをじっと見ていた。

「そこで台湾のばあさんに貝もらったんよ」

ヤンファは鮮やかな桃色の旗袍を着ていた。短い袖にも長いスカートにもスリットが入ったモダンなデザイン。豆花を売っているときの薄汚れたカーキ色の便衣（べんい）とはまったく違う色気。ふだんは長い手袋で隠している手の甲の蛇の刺青（いれずみ）が剝きだしになっている。最初に見たときは、ヤンファが手を動かすたびにうねる蛇を少し不気味に感じたのだけど、いまでは、美しいとすら思う。

あたしは、胸が高鳴っているのが顔にでていないか気をつけながら、それで貝がどうしたの、とちょっと意地悪くきいた。ヤンファが食材を持ってくるときは、料理をつくってほしいときだって知っているのだけれど。

ヤンファは、どうせあのガキと一日遊んできたんやろ、というと扉を開けて部屋のなかに入ってしまった。錠前破りなんかお手のものということらしい。

あたしは、隣のホアンおばあさんに火種を分けてもらってから部屋に入る。ヤンファは、こんなくさいとこでよう暮らせるな、と顔をしかめながら、浴衣(ゆかた)やあたしの下着を床につぎつぎに投げ落として、ベッドの上に腰掛けた。

「勝手にさわらないで!」

ヤンファはなにもいわないで、マッチをすると煙草に火をつける。あたしはおばあさんにもらった火種から七輪の炭に火を移し、ヤンファが台所に無造作に放りだしていた牡蠣の入った茶碗(ちゃわん)に手を伸ばす。オアチェンでいいの、ときく。小さな牡蠣がたくさん入ったオアチェンというオムレットがヤンファの大好物だってあたしは知っている。あたしは、牡蠣には広島の女学校時代の苦い思い出があるから絶対に食べない。ヤンファは、ん、と生返事すると、不機嫌そうな声でいった。

「なんで、リリーはあいつが好きなん」

あたしは牡蠣を洗いながら、わざとはぐらかす。

「あたしのことを監視してるの?」

ヤンファは、煙草を床に投げすてると、いらだたしそうに舌打ちした。

「リリーを心配しとるんやで。あいつ絶対ようないって、うちの心のなかの神様がゆうとんねん」

――神様なんて信じてないくせに。街中の媽祖（まそ）の廟（びょう）のまえを通るたびに、ヤンファが手早くお供えされているお菓子や果物をかすめとるのをあたしは何回も見ている。ふてくされてベッドに寝転がるヤンファを横目にあたしは、フライパンに油を流し込む。油がはねるパチパチという音が響く。

昨日の朝、市場で買ったばかりの卵を割って、フライパンの上で牡蠣と一緒にかき混ぜる。ネギはヤンファがきらいだから入れない。とうもろこしの澱粉（でんぷん）を水にといて、さあっと流し入れてもう一度軽くかき混ぜたらできあがり。魚醤（ぎょしょう）と砂糖でやや甘めにしあげる。

食器棚として使っている窓際の本棚から大皿を取って手拭いで埃（ほこり）を拭いてから、そこに湯気をあげるオアチェンをフライパンからすべらせる。ヤンファは、目を輝かせて（その表情はミヨそっくりだと思う）、大皿を受け取ると、おおきに！　と大きな声でいって、口いっぱいに頬ばった。無心に食べるヤンファを見ながら、あたしはどこか懐かしい気持ちに包まれる。きっとヤンファの子どもっぽいしぐさが、あたしが記憶の彼方（かなた）に押しやってしまった自分の子ども時代を思いださせるのかもしれない。

顔をじっと見つめていたら、少し頬を赤くしてヤンファは、リリーもなんか食べや、と照れくさそうにいった。昨夜客にもらったビスケットをかじって、水を飲もうと、ベッドの枕元においていた水差しに手を伸ばすと、ヤンファが強い力であたしの手首を摑んだ。

「やめとき」

なんで、とあたしがきくとヤンファは、水差しの底を指さした。よく見ると、黄色いチューブのようなものが沈んでいる。黄燐殺鼠剤、という文字が見えた瞬間、手が震えて水差しを落としそうになった。ヤンファは、素早く水差しをあたしの手から奪うと、しばらくじっと見ていた。

「部屋の鍵が開いとったけど、何時間留守してたん？」

ああ、ヤンファが開けたわけじゃないんだ。あたしは、まだ呆然としながら、日中ずっと、と答える。だれかが部屋に入ったなんて考えられるだろうか。こんなすぐわかるようなやりかたって――あたしの気持ちを読んだのかヤンファは、たぶん警告やろな、と軽く笑った。

つられて笑いながらも体の奥が冷えていくような感触に身震いする。これまで楊の命令にしぶしぶ従ってきたけれど、身の危険を感じたのははじめてだった。黙って考えていたらヤンファがあたしの背中を軽く叩いた。

「眉間に皺寄っとるで。あんまり深刻にとらんでもええ。楊に報告しとくし、うちも今夜は一緒におるわ」

その、今夜はいる、という一言で、不安よりもヤンファと過ごす時間への期待が強くなるあたしは、まったく十代の少女みたいだ。それにしても、ここまで強くひとに惹きつけられたことがこれまであっただろうか。ひと、というよりも、体そのものにふれることを、やっぱりあたしの体が思いっきり欲している、そんな感覚。廓にいたころ、心待ちにしていたお客はいても、それは話をきいたり、外の世界や知識への興奮で、体はどうでもよかった。先月の中秋節の晩、はじめてヤンファが身を乗りだして口づけしてきたとき、驚きながらも舌をからませたとき、ずっと鍵がかかっていた扉が開いたみたいだった。あたしにも体があるんだってはじめてはっきりと感じた。

「ごちそうさま！」

元気よくそういうとヤンファは、食器を流しまで持っていって洗い始めた。閩南語で鼻歌を歌いながら、食器やフライパンを洗っては竹カゴにおいていく。あっというまに洗いものを終えたヤンファの手際のよさを見て、元町で肉饅頭を売っていたっていうのは、あながち嘘じゃないのかもしれないと思う。

台所に吊るしていたバナナで簡単に夕食をすますと、ヤンファが横になっているベッドに腰掛ける。東の小窓から見えるひときわ明るい赤い星は火星だろうか。あたしは先生からきいた星の名前を、もうほとんど忘れてしまった。八角時計は午後十時を指している。気がつけば、瞼が重くなってきて、睡魔が忍び寄ってきている。眠い目をこすりながら、あたしは少し緊張がほどけたように感じて、まえから気になっていたことをきいてみる。

「ヤンファ、その手の刺青、どういう意味があるの」

ほんとうに一瞬だけうれしそうな表情を浮かべて、はじめてきくような可愛らしい声でいった。

「お、し、え、な、い、秘密や」

あたしはその子どもみたいな声の調子に、すっかり気持ちを摑まれる。

「ねえ、いいでしょ」

ヤンファはすばやくあたしの腰に指を這わせると、ここの傷がどうしてできたんか教えてくれるんなら考えてもええで、といたずらっ子のように笑った。

呼吸が速くなる。あたしの右の脇腹には、川田（かわた）という貧乏画家に廓でつけられた大きな傷痕がある。まだ、働き始めて日も浅いころ、あたしが自分の身をどうやって守るのかもろくに知らないころ、川田は馴染みのひとりだった。ある晩、いつにもまして思い詰めた様子の川田にうっかりほかの客の話をしてしまった。嫉妬深い川田がカバンから取りだした小さなナイフでいきなりあたしに切りつけたのだ。そのときは悲鳴をきいて真っ先に駆けつけた羽衣さんがとっさに鏡台を蹴飛ばしてくれて、川田から逃げることができたのだけれど、それがなかったらどうなっていたかわからない。

「新聞にはな、娼妓と客の心中（しんじゅう）って、あることないこと書かれるんやで。どんなときでも廊下に近いほうに座って、客には絶対心を許さんことや！」

羽衣さんがかけてくれた言葉を思いだすと、あたしはいつも泣きそうになる。それにしてもな、心中ってなんやねん、ただの殺人やし、こっちは仕事でやってんねんで——泣いているあたしのかわりに、羽衣さんがさんざん怒ってくれたっけ。

なにか話そうと口を開いたのだけど、言葉がぜんぜんでてこなかった。

——ああ、そうだ、あたしは、ヤンファに廓のことを知られたくないんだ。

「ほら、知られたくないことのひとつやふたつはあるやろ」

あたしの心を見透かしたようにヤンファがいった。


夜遅くに目を覚ますと、ヤンファがベッドの縁に腰かけて、歌を口ずさんでいた。北京語でも閩南語でもない、知らない言葉。それなのになぜだか気づいたら涙が頬を伝っていて、あたしはあわてて枕に顔を押しつけた。生まれるずっとまえから知っているような、しずかな森の奥に流れる清流のような、そんな澄み切った歌声だった。南の窓から差し込むうすぼんやりした街の灯りが裸のヤンファの背中を照らしている。傷一つない引き締まった浅黒い肌だ。

黒猫のようにしなやかに背伸びをするヤンファの背中に指を伸ばす。ヤンファは、一瞬あたしのほうをふりむいて、それでも歌い続ける。あたしは、軽く身を起こしてヤンファを背中から抱きしめて首筋に口づけをした。かすかに汗とヤンファの体のにおいがする。

「どこの歌？　きれいな響きね」

ヤンファは、ひとつため息をつくと、ふりむいてあたしに口づけをした。とろけるような舌の動きに、あたしはまた声をあげる。それからあたしの耳元に唇を寄せると、あんたたちはみんな忘れてしまうんやな、と冷たい声でつぶやいた。

――あんたたち？

あたしは、ヤンファがなにをいっているのかわからない。けれど、そのままヤンファの強い指の動きに体をまかせて、目を閉じた。どこか遠くであたしじゃないだれかが声をあげているみたいな、夢のなかをさまよっているような感覚は、明け方近くまで続く。ずっと喉が渇いている。

目を覚ますと、もうヤンファはいなくなっていた。まだ体が火照っている。胸も、腰の傷痕も、指も、太もももヤンファが舌を這わせた全部の場所が、まだ湿って疼いているような、そんな感覚。

ひとつ下の階の柱時計の音が、にぶくボーンと十回響いた。十時になったばかりだっていうのに、もう汗ばむくらいの暑さ。いったい今年の秋はどうなってるんだって、不機嫌そうにいう朝日倶楽部の店長の声をぼんやり思いだす。――そうだ、きょうは昼からの勤務だった。

ぼやけた頭のまま、ベッドから這いだして、水のシャワーをあびる。浴室の床には、なんだかよくわからない黒々とした虫が何匹か蠢いているけれど気にしない。亜熱帯で虫を気にしてもしょうがない。

外出用の桃色のワンピースを頭からかぶると、手早く化粧をすませる。第八市場の雑踏を抜けて、思明西路と南路の交差点をまがり、ビルディングの三階へ。昇降機は動いていなくて、汗をかきながら階段を駆け上る。

朝日倶楽部の大きなガラスの扉を開けると、きょう一緒に働くほかの女給たちは全員きていて、昨夜の宴席で散らかった床のゴミを掃いたり、コップを洗ったりしていた。みんな黒や青の地味な旗袍を着ていて、あたしのワンピースはちょっと派手だったかしら、と思う。上海のダンスホールみたいに制服はないけれど、店長の習が店の格式を気にするので、女給たちも赤や桃色といった華美な衣装を敬遠する。急いでいたからすっかり忘れていた。

「いつもリリーはお偉いさんの出勤やね」

声をかけてきたのは、店でミヨのつぎくらいに仲のいい、モミヂだった。いかにも日本っぽい名前にしているけれど、店のただひとりの中国人で、十五歳になるまで貿易商の両親と三宮（さんのみや）で暮らしていた。七七事変が起こったことで日本での生活が不安になり、一家揃って出身地の福州（ふくしゅう）に戻ったという。いまは海軍の海上封鎖で商売もままならない福州の両親にかわって、家計を支えるために、朝日倶楽部で働いている。

「赤玉少女歌劇団のね、『ムーランルージュ・カーニヴァル』が大好きやったんよ。主人公のモミヂみたいになりたくて、わたし日本名は夢野（ゆめの）モミヂやの」って最初の日に教えてくれた。あたしは、そのレビューは見たことがなかったけれど、先生が持ってきてくれた写真集を廓のなかでながめていた。モミヂが画家のフリッツと恋に落ちるパリの街は、そのときのあたしにははるか遠かった。それでも、あたしもレビューは大好きだったから、朝日倶楽部のモミヂのことがすぐに好きになった。

うん、ごめんね、寝坊したのよ——そう答えながら、真っ白いテーブルクロスを広げるのを手伝う。

「べつにええんよ。わたし話し相手おらんくて退屈してただけや」

そういいながら、大きくあくびをした。廈門の繁華街が活気づく夜とは違って、昼間の店はどこか気怠い雰囲気が漂っている。女給たちも客も。昼の客たちは、あまり踊らず、ただビールやコーヒーを飲みながら商談や、ときにはお気に入りの女給とだらだらと雑談をしている。

モミヂの話に相槌をうちながら、客が入るまえのわずかな時間を使って、楊に三ヶ月まえに告げられた任務について考える。あたしの、この場所での役目は、軍艦が寄港する今週の日曜日に、岸がどんな行動をとるのかききだしてヤンファに伝えること。当日は連携をとりながらヤンファが岸を狙える状況をつくる。そして、ヤンファが失敗したときには、敵に捕まるまえにヤンファを始末すること――。当然、最後の指令のことはヤンファには伝えていない。

楊が朝日倶楽部の革張りのソファーに深々と腰掛けて、こともなげに、始末、という言葉を使ったとき、あたしは強い寒気を感じた。あたしが、あんなしなやかな身のこなしをするヤンファを撃てるとはとても思えなかった。

考えているうちに開店時間になったのか、蓄音機からヨハン・シュトラウスの陽気なポルカが流れてきた。こんな陰気な昼にかける曲かしら、そう思って蓄音機のほうに視線を送ると、マチコがあたしを見ていた。なんの感情も読みとれない目。すぐに目をそらした。ドアが開いて、いらっしゃいませ、という女給たちの声。あいかわらず考えごとをしながら、あたしも声だけはあわせる。

――共産主義者の立場に立つと、この国にはいま三つの戦争があるんです、と楊はたびたび口にする。ひとつはいうまでもなく、侵略者である日本との戦争。あたしが上海にきた一九三七年に北京郊外で日本軍が起こした七七事変から、たたみかけるように戦端が開かれて、上海、南京、廈門とつぎつぎに陥落して、国民政府は重慶に首都を移した。ふたつめの戦争は、共産党がかりそめの同盟をむすんでいる、その重慶の国民政府とのしずかな戦争。そして、最後のひとつは日本の傀儡政権である汪兆銘政府とその取り巻きたちとの戦争。

楊は三つの戦争、三つの敵といったけれど、楊の顔を知っているあたしにとっては、ほんとうは四つの戦争だった。あたしがこの仕事をやめたいといったり、逃げだしたりしたら、楊の組織も敵になるだろう。

「リリー！　岸さんが呼んでるわ！」

その声ではっとする。

店の中央のダンスフロアからは離れた窓もない暗い一角におかれたソファーが岸のお気に入りで、そちらをむくと、パナマ帽に仕立てのよさそうなブラウンのスーツを着た岸と側近の郭が手を振っているのが見えた。こんな日に背広なんて暑くないのかしら。

挨拶をすると、リリー、しばらくごぶさただったね、と岸は陽気なふうを装っていった。あと十歳若ければハンフリー・ボガートの従兄弟くらいで通りそうな、憂いをたたえた目と面長な顔が特徴の大柄な男。パナマ帽を取ると額の三日月みたいな傷が剝きだしになる。あたしを岸に紹介したのはミヨで、絶対ねえさんに気があるんよ、といっていた。なんでも、以前マチコに関係を迫ってふられているらしい。

あたしは、この店で数回程度しか同席していないけれど、岸の元来の気質はおとなしく陰気なのだとなんとなく感じ取っていた。この店では新東亜タイムズのやり手記者という役にすっかりなりきっている。最初に楊からきいたのは、岸は台湾の日本語教師会の重鎮で、顧問という肩書きで新東亜タイムズにきているけれど、実際には、廈門とその周辺の地下活動を把握するために軍から送り込まれたのだという。つまり、あたしや楊の同業者だ。でも、いつのまにかスパイに仕立て上げられたあたしなんかとは違って、楊の話によると岸は日本の諜報機関で訓練を受けたエリートで、中国南方における諜報活動の最重要人物であるらしい。

「昨夜もそうとう盛大な宴席があったと李社長からきいたよ」

岸の隣に腰掛けていた郭がいった。ちゃんと紹介されたわけではないけれど、岸がここにくるときには、必ず一緒にいるので覚えてしまった。蛇のような冷たい目をした、どこか得体のしれない男だ。岸が、郭の言葉を引き継ぐように、どんな顔ぶれだったの、劉さんとか華南新報のみなさんとかもやっぱりきてたのか、ときいた。

華南新報の記者たちと岸は懇意にしているようで、店でも何回か同席しているのを見かけたことがある。だから、別にこの質問は、ただの社交辞令ということで流していいのかもしれない。

「ごめんなさいね。あたし、昨夜は公休日だったんですよ」

ああ、そうだったのか、と岸はつまみのピーナッツに手を伸ばす。そのまま沈黙が続きそうだったので、会話の糸口を探るためにあたしはいう。

「きょうはお仕事はお休みですの？　お昼からなんてめずらしいですわね」

「徹夜の仕事を終えたばかりでね。今朝無事に記事もでたから、一杯やって帰って眠るのさ。たった一杯で酔っ払いそうだよ」

そういうけれど、岸がお酒で酔っ払っているのを見たことはない。何杯ウイスキーのグラスを空にしていても、つねに岸の目はまわりの様子を観察している。

「ずいぶん根を詰めておいでですのね。岸さんのようなお偉いさんが徹夜するなんてよっぽど大事なお仕事なのかしら」

岸は持ち上げられるのがまんざらでもないのか、あたしの肩に手をまわすと、少し声を落として、さそうようにいった。

「おれはまだ仕事より大事なものがここではないもんでね。リリー、まえにもいったが今週末コロンスに小旅行っていうのはどうだ。オランダ商人が建てた屋敷を別荘として買い取ったんだ」

「そうねえ、どうしようかしら」

あたしは、まったく行くつもりはなかったけれど、廓にいたころの羽衣さんの教えを思いだして、少しうれしそうな声でいった。――ほんまどうでもええことでもな、気のないそぶりは見せへんことが客をつなぐ秘訣なんよ。

郭が申し訳なさそうな顔をして、岸に、先生、今週は海軍が、といった。

「ああ、そうか。今週はそれだったか。すまない、リリー、また来週以降にしよう」

あなたに来週があればね、と心のなかで返事をして、その榻のような冷淡さに自分で愕然とする。あたしは、ほとんど知らない、憎んですらいないこの男の死にかかわることを、当然の運命のように受け入れているのだ。たぶん内地には家族もいるだろう――。ああ、いまは考えこんでいる場合じゃなくて、質問する絶好の機会だ。

「あたしは暇ですからまたさそっていただけたらうれしいですわ。週末になにか大切なお仕事があるんですの？」

岸は郭の顔を見たが、大丈夫と判断したのか、口を開いた。

「日曜日に港に海軍の船が寄港するのはおまえも知ってるだろう？　艦長の沖田とは高等小学校の同級でな、廈門市政府の有力者を集めてちょっとした祝宴をしようかと考えてるんだ。まあ、忙しい男だから一日中ってわけにはいかないだろうが」

「先生のお友だちならぜひお目にかかりたいですわ」

この会話がどこに着地するのかまったくわからないまま、あたしはいう。決行当日に岸に会う予定を入れるのは正しい選択なんだろうか。

岸はまた陽気に笑った。

「ほんとのことをいうとな、おれはここでその宴会をする予定なのさ。酒が強くておれと違ってダンスも好きな男だからきっと楽しいだろうと思ってな」

あたしは、知りたかった岸の予定をききだせたことに、思わず笑みがこぼれそうになるのをこらえながら、あたし、お昼からおりますから、お店でお目にかかれますわね、楽しみですわ、とそつなく答えて、立ち上がる。「すみません、レコードかえてきますわね」。岸の手が腰にまわってきたから、そろそろ潮時だ。

岸は、席を離れようとするあたしの手を掴むと、ひとつだけいいか、といった。

あたしは、岸の声の調子にかすかに尋問の響きを感じて、急に不安になる。

「なんですの？」

「いま廈門の暗黒街の見聞録のような通俗記事を書いてるんだが、おまえ、楊という男について店できいたことないか？　なんでも、もともとは共産党の大物だったのが、国共合作以降、前線での戦争は国民政府に押しつけて、その裏で阿片売買や武器取引に手をだしてずいぶん派手に稼いでるらしい」

――どこまで気づかれているのだろう。岸に握られた手が震えていないか、それが気がかりだった。また羽衣さんの教えを思いだす。――噓つくときはな、必ず真実をひとつ混ぜるんやで。そして、あたし自身が経験的に学んだのは、淡々とした事実ではなく、臨場感のある場面を伝えるといいってこと。

「その楊って男かわかりませんけど、まえに港で中国人の大男に、阿片をすすめられたことがありますわ。でもあたしみたいな女がそれに手をだしちゃおしまいですから、無視して通り過ぎようとしたんですけど、しばらく付き纏ってきてほんとうに怖かったわ」

岸は、そうか、気をつけろよ、といって手を離した。よかった。あたしが疑われているわけではなさそうだ。陽気なポルカのレコードをしまうと、この昼間の気怠げな空気にぴったりな「モン・パリ」をかける。軽快なリズムのなかに、甘くロマンティックなメロディが漂う。

まだ女学生だったころ、お父さまと一緒に話題だった『吾が巴里よ！』を見に、わざわざ広島から宝塚まで行った。あのころ憧れたパリ、ヨーロッパははるかに遠く、あたしは亜熱帯、戦争の真っ只なかにいる。

――ああ、麗しのパリ。あたしの街よ。

ちょうど華南新報の記者がふたり入ってきて、岸のテーブルに向かうのを横目で見ながら、あたしはカウンターに戻る。いつか廈門を、麗しい記憶として懐かしむ日がくるのかしら。そう思って顔をあげると、うれしそうに笑うモミヂと目があった。そうだ、今度、モミヂと宝塚の話でもしよう。

仕事をあがる直前、カンカン帽をかぶった楊がふらりと朝日倶楽部に入ってきた。岸が帰ったあとでよかった。店長の習と言葉をかわしてから、カウンターまでくると、リリーさん、ごきげんよう、と冗談めかしていった。まるで女学生みたいな挨拶ね、そんなふうに思いながらもあたしは笑顔を返して、楊のこの街での名前をまちがえないように気をつけて呼ぶ。

「佐藤さん、おひさしぶりねえ。さいきん、ご商売はどうかしら」

「まったく不景気だ。このところ封鎖が厳しくて、わたしたちみたいな商売には死活問題だよ。海軍さんも狙うのは国民政府だけにして、もうちょっと手綱を緩めてくれたらいいんだが」

あいかわらずそつのない受け答えだこと。楊はテーブルにつくといつもと同じように電気ブランを注文した。本物の洋酒をおいている店なのに、日本人に馴染みの酒をたのむあたり、楊はほんとうに抜け目がない。グラスをおくと、楊はテーブルを軽くコンコンと叩いて謝意を示した。でもこれは、いまは離れていろという合図だ。あたしは、きょう岸からききだした予定をどうやって伝えようか考えながらテーブルを離れる。とはいえ、当日の計画を立てるのは、あたしとヤンファなのだから別に楊に事細かに伝える必要はないのかもしれない。

　レコードが軽快なジャズにかわって、何人かの客が女給をともなって席を立つと、楊はさりげなく手をあげてあたしを呼んだ。

「ちょっとあした、島を離れて崇武まで簡単な届けものをお願いしたいんだが」

　楊は上目遣いであたしを見る。崇武っていったいどこかしら。たのんでいるようで、これは拒むことのできない命令なのだとわかっている。それでも、軽い抵抗を試みる。

「でも、あたし閩南語わからないから船にも乗れないし、だいたい海上封鎖で大陸には行けないんじゃないの——」

　あたしの言葉をさえぎるように楊は、ヤンファと一緒に行けば大丈夫、とあたしの手に重たい小包をひとつ押しつけた。これで、話は終わりということか。

　やっぱりミヨの言葉どおりになった。あたしたちみたいな商売に、いつか、なんてないのだ。ろくに挨拶もかわせないまま、離れ離れになる。ミヨはあした朝日倶楽部に最後の挨拶に寄る、といってくれていたのに。

　軽快なディキシーランドジャズが終わって、踊り疲れた客たちがぱらぱらとテーブルに戻ってきてあたしは重たい小包を持って、楊のテーブルを離れる。どうせろくな届けものじゃないだろう。楊が小声でうしろからいった。

「朝に人力車をやるから。詳細はヤンファからきいて。崇武は城壁にかこまれた風光明媚なところだから、きみもちょっと忙しい毎日の息抜きをしてくるといいよ」

だれが、きみ、よ。演じる役にあわせて口調まで変える楊にはほんとうに恐れ入る。それにしても、暗殺のまえに息抜きなんて、どんな神経を持っていたらできるようになるのだろう。

崇武鎮、一九四一年十月二十三日

午前七時、小さな窓から朝日に照らされた第八市場の路地をながめていたら、下の通りに人力車が止まって、だれかが手を振っているのが見えた。きっとヤンファだ。あたしはなるべく目立たない藍色の旗袍に薄手の黒いショールをまとって、階段を下りる。人力車の車夫は、車から少し離れて煙草を吸っていた。ヤンファが大きな声で車夫に声をかけると、煙草をすててしぶしぶと車まで戻ってきた。

つい一昨日(おととい)にミヨときたばかりの玉沙坡を過ぎてさらに東に走って、名も知らない漁村でヤンファは人力車を止めた。榕樹の枝が重なり合った薄暗い小道を駆けるように歩くヤンファのあとを追う。海のにおいが一段と強くなってきたと思ったら、目のまえに真っ青な十月の海が広がっていた。すぐ近くに見える島は小金門(しょうきんもん)だろう。廈門島の東側にきたのだ。浜辺に築かれた小さな埠頭には、みすぼらしい漁船が二艘(そう)だけとまっていて、ヤンファはそのうちの大きいほうを指さした。

「さあ、出発やね」

ヤンファはどことなく陽気だった。歌うようなヤンファの声をききながら、あたしは、朝日倶楽部で海軍の若い士官からきいた話を思いだしていた。島に出入りする全部の船に目を光らせてるんだから、蟻の子一匹通しはしねえよ、いや海で蟻はおかしいか、国民政府の鰯一匹通さねえよ、とおもしろいことをいったつもりで笑っていたっけ。

「海軍は大丈夫なの？」

「封鎖ゆうても目の粗い網みたいなもんやで。哨戒艇(しょうかいてい)の数もしれてるし、問題あらへん。万が一捕まっても、うちら急病の親戚のとこに駆けつける女学生ってことになっとるから、まあ大丈夫やろ」

そういってだれのものかもわからない身分証をちらりと見せてくれた。ヤンファの言葉に納得したわけではなかったけれど、だからといってあたしになにができるわけでもない。ひとの好(よ)さそうな船長の、小心(シャオシン)、という注意をききながら、漁船に乗り込む。船長のほかには十歳くらいの小枝のような腕をした三つ編みの女の子がひとりいるだけだった。船長がなにか大きな声で合図をすると、その子は、細い腕で重そうな太いもやい綱をほどいて、甲板に引き寄せた。エンジンに火が入ったのか、軽快な音を響かせながら、船は埠頭を離れた。

船がすっかり廈門島を離れて揺れが大きくなったころ、はるか沖に海軍の哨戒艇らしい船影が見えた。しかし、その船はこちらに気づいた様子もなく、そのままさらに沖へ沖へと去っていってしまった。なにが鰯一匹よ——。

あたしは、エンジンがあげるボンボンという小気味良い、どこか懐かしい音をききながら、遠く離れてしまった大阪での暮らしに思いをはせる。天神祭の夜に舟を浮かべて、先生と花火を見た。お金のない先生は、小さな手漕ぎボートしか借りられなかったのだけど、ボートの上で七月の気持ちいい川風に吹かれながら、先生とその娘のおせんちゃんと過ごした時間は、大阪での暮らしのなかで数少ないすてきな思い出かもしれない。

淀川に浮かぶたくさんの屋形船から橙色の灯りが漏れて、水面には花火もうつって。いつもはものしずかな十二歳のおせんちゃんも、その晩は花火に目を輝かせる。おねえちゃん、ほんまきれいやなあ、天国みたいやわ、うち学校で自慢したろ、父ちゃんときれいなおねえちゃんと舟遊びしたんやて――結局、おせんちゃんは学校でその話をしたんだろうか。きけずじまいだった。天国みたいな舟を下りて、先生がどうしても自由軒のライスカレーが食べたいっていうから人混みにもまれながら一時間以上もかけて難波まで歩いた。ほんとうにおいしそうにカレーをほおばりながら、白飯とカレーをあらかじめ混ぜてしまう合理性がすばらしいとかなんとか先生は力説してくれるんだけど、あたしとおせんちゃんは疲れ切ってしまって、半分眠りながら話をきいた。あたしはそこから京町楼の新造が待つ居酒屋へ、先生とおせんちゃんは西九条のオンボロ長屋まで――。

カモメがけたたましく鳴いてあたしをいまの時間に連れ戻した。右舷には金門島、左舷前方は泉州のあたりだろうか。あたしは、この土地のことをほとんどなにも知らない。ヤンファは、また知らない歌を歌っていた。船長はその歌にきき覚えがあるのか、閩南語でヤンファに話しかける。歌うように話すヤンファの声をきいていたら、すっかり眠たくなってきてあたしは目を閉じる。

　太陽が真上に上るころには、あたしたちは崇武の港についた。ヤンファの説明では、干潮になると船底が砂に埋もれるほど、水深の浅い港であるという。船長は、あたしたちに別れを告げると、港につきだすように建てられた食堂に入っていった。

　海からの強い風が吹く街。それが最初の印象だった。なにか食べたそうな顔をしているヤンファを横目にあたしは、城壁に続くという坂を上り始める。楊のいう通りなのが癪にさわるけれど、あたしは緊張感に満ちた廈門から離れて、体が軽くなったように感じていた。

「どこ行くのかもわからんのやろ。そないどんどん行かんと、まず昼にせえへん？」

「このあたりの名物はなに？」

　ヤンファは、観光案内人ちゃうで、とぶつぶついいながらも魚巻やろなと教えてくれた。

　魚巻、名前の通り、魚のすり身を棒状にして蒸したもの。透明なスープの底に、かまぼこみたいに転がる魚巻をつつき、ヤンファは、まあ、別段うまいってもんでもないんやけどな、とまたぶつぶついいながら一気にたいらげた。スープは薄い塩味で、魚巻も上品なつみれみたいな味だった。

　それよりも印象的だったのは、屋台で魚巻を売っていたおばさんの着ていた服だった。鮮やかな水色に白い水玉を散らしたスカーフ、真っ赤なシャツに、藍色のズボン。よく見るとシャツは丈が短くておばさんが動くたびにちらちらと脇腹が見えた。赤い派手な服を正装として好むこの国の女性にしても、極端に華やかな格好。あたしがなにかききたそうな顔をしているのに気づいたのかヤンファは、まためんどくさそうにいった。

「恵安女(ホイアンニュー)、ゆうてな、独特の習俗と働き者ってことで有名なんよ。いまはどうかわからんけど、もともと母権制やったって楊からきいたで」

あたしは、なんだかんだ親切に答えてくれるヤンファの手に彫り込まれた蛇の刺青を横目で見ながら、じゃあ、あなたはほんとうはどこのひとなの、という言葉がまた喉元まででかかっているのを感じる。

魚巻を食べ終えて坂を上りきると、海に沿って延々と続く城壁と、その城壁の向こう側に青々とした海が広がっていた。強い風で白い波頭が立っていて、岩場に波が叩きつけられる、ドーン、という音が繰り返し繰り返し繰り返しきこえてきた。観光案内人じゃない、といいながらも世話焼きのヤンファは、城壁が明(みん)の時代にはできていたこと、海の長城とも呼ばれていること、もともとは倭(わ)寇(こう)への備えとして築かれたことを早口で説明してくれる。

城壁の内側は、明の時代から止まったまんまのような、古い古い街だった。路地は迷路のように入り組んでいて、いたるところに井戸があり、はるか昔に涸れてしまったのか水のない井戸のまわりをアヒルが走りまわっている。家々の戸口には山羊(やぎ)がつながれていて、ヤンファが石垣の隙間から生えていた草をちぎってやるとむしゃむしゃとかじりついた。ヤンファは子どものような顔をしている。そんな表情を見るのははじめてだった。あたしはついからかうようにきく。

「そんなに山羊が好きなら、廈門に山羊買って帰ろうか？」

一瞬だけ恥ずかしそうに顔を赤くするとヤンファは、なにあほなことゆうとんねん、と手に握っていた草を山羊に投げつけて歩きだした。

しばらくあてもなさそうに歩いたあと、ヤンファは小さな関帝廟（かんていびょう）のまえで立ち止まり、門をくぐると壁沿いにおかれた長椅子に腰をおろした。あたしはヤンファがお供えを取るんじゃないかとヒヤヒヤしていたけれど、南国の名も知らない赤い花のほかは、なにも供えられていなかった。リリーも座り、とあたしの手を引っぱる。手が少し汗ばんでいる。すぐ近くに座って涼をとっていた油柑売りの少女から串にささった油柑を二つ買うと、一本あたしにくれた。そんなに好きじゃない、ともいえずにしゃくしゃくと油柑をかじる。最初は口のなかに苦みが広がったけれど、すぐに爽やかな甘みを感じて、思っていたよりもおいしかった。

油柑をかじりながら、ぽつりとヤンファはいった。

「うち小さいころ、毎朝、川縁に行って、家の二匹の山羊に草やってから学校行っとったんよ。ほんまよう遅刻したわ」

「なんて名前だったの」

一瞬躊躇（ちゅうちょ）するように黙り込んで、それから小声で、阿春（アチュン）と多謝（トウシャア）といった。

山羊の名前っぽくはなかったけど、どこか聞き覚えがあるような名前だった。でも、あたしはヤンファをからかうように、多謝（ありがとう）って山羊には変な名前ね、といった。

そういうとヤンファは睨むようにあたしの目を見た。

「じゃあ、あんたら日本人は山羊になんて名前がいいと思ってるん？」

――どうして、ヤンファはこんなに怒ってるんだろう。

いま怒っているのは、子どものころの感情を傷つけられたからだろうか。それだけでもないような感じがする。あたしは、それもそうね、といって黙り込む。しばらくしてヤンファは口を開いた。

「阿春はねえさんがつけた名前。春に生まれたからって。多謝は、うちが閩南語覚えるので必死やったから自分でつけたんよ」

そういって立ち上がると、ヤンファは廟の門をくぐって外に行ってしまった。あたしはヤンファの言葉の意味がわからなくてしばらく考える。泉州生まれがほんとうなら、どうして閩南語を勉強する必要があったの？　ヤンファが長椅子の下に楊に渡された小包をおきっぱなしにしているのに気づいた。

「荷物、だれかに渡さなくていいの？」

おそるおそるヤンファの背中に言葉を投げると、立ち止まってヤンファは鼻で笑った。

「リリーは、楊の下で何年も働いとるのにまだこの仕事のこと、ようわかっとらんのちゃうか。大事なもんやったら、言葉もできひん日本人に届けさせるわけないやん。うちが楊からきいたんは、リリーを連れて崇武まで行ってきてってことだけやで。うちらを廈門から離れさせるんが目的やろ、たぶん」

楊はあたしたちを廈門から引き離して、いったいなにを企(たくら)んでいるんだろう。自分がまったく伝書鳩(でんしょばと)程度にも信頼されていないことには少し傷ついた。でも、正直なところ肩の荷が下りたような気分だった。ヤンファも廈門を歩いているときの緊張感を微塵も感じさせない様子で、アヒルに餌をやったり、つながれている牛にちょっかいをだしたり、楽しそうだ。あたしはヤンファが動物好きだということをはじめて知った。

それから半日、城壁のなかを歩きまわって、日が落ちるまえには、船着場にほど近い古城大酒店という安ホテルに部屋を取ることができた。今度は、あたしたちは従兄弟の結婚式に泉州からやってきた姉妹ということになったらしい。姉妹ならどっちが歳上なの、ときくと、うちはマンゴーの花が咲いたら一歳ずつ歳を数えるんやけど、元町に住んどったあいだにわからんようになってしもうたわ、とはぐらかされた。

ホテルの三階のふたつの窓からは、西日に照らされた大きな城壁、それと昼にあたしたちの船がついた港が見えた。あの漁船はもうどこかに行ってしまい、干潮の港は泥の山のようになっている。子どもたちが泥にまみれて、蟹だとか干潟の生きものを掘りだしては歓声をあげている。太陽は城壁の上、水平線を焦がしながら赤く燃えていて、しばらくながめていると城壁の向こうに見えなくなった。

港の海鮮料理店からの帰り道、白酒を八杯も飲み干して上機嫌になったヤンファは、美しい澄んだ声で、閩南語の歌を歌っている。

「きれいな歌ね。なんていう歌？」

あたしの顔を見て、さみしそうに笑うと、なにもいわずにヤンファはホテルへの道を行く。あたしも無言でついていく。あたりはすっかり真っ暗になって、海からの風はより強くなって、頬を腕を打った。途中、鮮やかなスカーフを頭に巻いた十四、五の女の子たちとすれちがう。女の子たちもヤンファの歌をきいていたのか、なにか閩南語で話しかけている。ヤンファは二、三言葉を返す。

ホテルの部屋に入ってからも、ヤンファはしばらく無言だった。あたしが、ベッドに腰掛けて、部屋におかれたよれよれの新聞を開くと、ぽつりときえ入りそうな声でいった。

「あの歌は、若い娘が偶然見かけた男に声をかけてみたいって思いを歌った歌やねん」

ヤンファはテーブルにおかれていたホテルの便箋に鉛筆ですらすらと漢字で詩を書き始めた。あたしはヤンファの字が美しいことに驚きながらながめる。

獨夜無伴守燈下　清風對面吹
十七八歳未出嫁　見著少年家
果然標緻面肉白　誰家人子弟
想要問伊驚歹勢　心内弾琵琶

書き終わるとあたしの顔を見て、わかる？　ときいた。首を横に振る。ヤンファはあきらめたようにため息をつく。

「真っ暗な夜、灯りの下、美しい透き通るような肌の男を見た、どこのひとやろか、声かけてみたいんやけど、ああもう胸が琵琶みたいに鳴ってるわって感じの意味や」

「すてきな歌ね。ねえ、もう一度歌ってよ」

ヤンファは意地の悪い目をして、日本語でもあんねん、といって同じメロディにあわせて歌う。

あたしはぞっとするような感覚に身震いする。伸び行く国の若人、……このからだ、み国に捧げ——日本語だから言葉の意味はわかるのだけれど、さっきヤンファからきいた、娘が偶然の出会いに恋の予感を歌うという内容とはぜんぜん違っていて、まるで歌の言葉が呼吸を失ってしまったようだった。あたしがなにもいえずにいるとヤンファがいった。

「ひどいもんやろ。やつら恋の歌を軍歌に変えよったんやで」

ヤンファはそういうとあたしにもたれかかるように抱きついてきて、唇を重ねた。一瞬で鼓動が速くなる。蛇のように動く舌が入り込んできて、あたしはたまらず小さな声をもらす。白酒の酸っぱいような香りと、ジャスミン茶が混じりあったみたいな香り。あたしはヤンファの腰に手をまわす。そのとき、ヤンファの頬を涙が滑り落ちた。

どうしたの、ときいて手を止める。

あたしは、ヤンファが涙を流すことがあるなんて、考えてもみなかった。本名もほんとうの素性も知らない、ただ暗殺という任務のためだけに引き合わされた、それなのにここまで深くかかわってしまったひと。ヤンファは枕に顔を埋めるとしばらく声もあげずに泣いていた。

「——リリーには泉州出身っていうたけど、うち、ほんまは台湾で生まれてん」

あたしはその告白がなにを意味するのかわからない。ただ、そうなのねって答える。

その言葉が無関心にきこえたのか、ヤンファは冷たい声で、どうでもええんやろ、うちが台湾人でも中国人でも、と吐きすてるようにいった。

あたしも少しむきになっていい返す。

「そうじゃないけど――あたしたちみたいなことやってて、ほんとのことなんて知らないほうがいいでしょう」

「ちゃう、そないなことやない。リリーもやっぱり日本人やってことや。うちらのこと、別に知りたいとも思ってへんやろ」

ヤンファは、うちら、といった。あたしは、あれだけあたしのなかに傍若無人(ぼうじゃくぶじん)に入り込んできたヤンファに突然国籍で線をひかれたような衝撃に、うまく言葉がでてこない。

「十五のころ、元町で肉饅頭売っとって、うちの日本語もへたくそやったけど、ようニーハオ、ニーハオ日本人のガキにいわれたわ。うちの言葉がどう奪われたんか、なんも知らんで日本人ってだけで偉いと思うとってほんまむかついたわ」

あたしは違う、っていおうとしたけれど、やっぱり声がでなかった。

――あたしは、ほんとうに違うんだろうか。

あたしはこれまで奪われてばかりだと思ってきた。あたしの体、毎晩の仕事の稼ぎ、ひとへの愛着、先生、おせんちゃん――。だからあたしからなにもかも奪っていった世の中を、特高をうらんだ。でも、そのあたしが、これまで身につけてきた日本人のやりかたで、ヤンファからなにかを奪ってしまったんだろうか。

言葉ではうまく伝えられない気がして、気づいたらすがるようにヤンファの腕にふれていた。いつもだったら、ヤンファはいい争ったあとでも、すぐに肌を寄せてきただろう。でも、そのとき、ヤンファの反応はまったく違った。あたしの手を思いっきりはねのけた。

「気安くさわらんといて！　うちのこと都合のいい娼婦やと思ってるやろ。うちの気持ちなんてどうでもええんやろ」

その言葉は、あたしの胸に突きささった。あたしは、なにが悲しいのかわからなかった。ヤンファが娼婦をばかにしたことが悲しいのか、あたしが自分にされてきたみたいにヤンファにふれていたのが悲しかったのか——。大粒の涙がぼたぼたと膝の上に落ちるのを感じる。——ヤンファはあたしの過去をまったく知らないんだ。

ヤンファはあたしの涙に驚いたのか、少しだけばつが悪そうに、なんで泣くん、といった。あたしは、その涙が自分への哀れみなのか、ヤンファに手をはねのけられた悲しみなのか、それすらわからなかった。

そのとき、なぜだか羽衣さんの顔が浮かんできた。あたしの体のなかに羽衣さんが入ってきたみたいに、自然と関西の言葉が声になってでてきた。

「あたしな、十八から二十三まで娼婦やったんよ。娼婦のなにが悪いねん。あたし、ずっと求められるだけやったんやで。あたしの気持ちなんてな、だれもおかまいなしやった。ヤンファのこと、傷つけたんはあやまるわ。でもな、男みたいに娼婦をばかにせんといて。あたし、だれよりも優しい女たちをあそこで知ったんよ」
そこまでいうと、ふっと気持ちが軽くなったように感じた。そうだ。あたしは、羽衣さんや廓で過ごしたあたしの不自由な青春が否定されるみたいで、悲しかったんだ。だれにも、あたしのその経験だけは奪わせない。ヤンファの問いかけを置き去りにしたままなのはごめんって思ったけれど、あたしはそのままヤンファに背をむけてベッドに横になった。ひとりで泣いていたい気分だった。

しばらくして、ヤンファは無言のまま起き上がって灯りをけした。まだ十時もまわっていないっていうのに、古城の街はしずまりかえっている。耳をすますと、岩場に打ちつける波のくだける音がきこえる。暗闇のなか、ヤンファがあたしの背中に頭をつけるように横になったのがわかった。すぐにまた知らない歌を口ずさむ。

夜が明けたばかりの港には、昨日と同じ船がついていて、あたしたちを乗せるとまたすぐにボンボンという景気のいい音を鳴らして、進み始めた。ヤンファとは昨夜から一言もしゃべっていない。行きと同じように船長とヤンファが話す閩南語はどこか子守唄のようで、あたしは瞼がどんどん重たくなるのを感じた。

帰りついた廈門の街で、あたしが最初に出会うことになったのはひとつの凶報だった。

大阪、一九三七年三月三日

ひな祭りなんて、廓にはなんにも関係ありゃしないわ、そんなことをぶつぶついいながら、湯に入ってきた羽衣さんと入れ違いであたしは湯から上る。小さいころ、家の大広間に飾っていた七段飾りの雛（ひな）人形も、お父さまの会社がつぶれたときに、借金のかたにもっていかれたんだった――あたしは、お内裏（だいり）さまは地味できらいだったな、お雛さまばっかりで遊んでた――髪を結うときも、支度部屋に入ってからもそんなことばかり思いだしていて、あやうくおばあさんの声をきき逃しそうになった。

スミカさん、三善（さんぜん）先生がおこしですよ！

ひな祭りだっていうのに、おせんちゃんを家に残して、こんなところにやってくるなんて、ほんとうにひとでなしだ――。

先生は、あたしが楼で働き始めてから一年くらい過ぎたころにふらっと訪れたひとだった。大島紬（おおしまつむぎ）の単衣（ひとえ）にカンカン帽、厚いガラスの丸眼鏡で、最初はどこかいいとこの御曹司（おんぞうし）かしらと思った。楼のみんなからは、先生、と呼ばれているけれど、実際には売れない小説家で、だめなひとだ。小説は一度だけ貸してもらった。松尾芭蕉のやしゃごの馬村がパリで探偵をしながら、宿敵のアルセーヌ・ルパンと詩吟やとんちで対決する、みたいな荒唐無稽なだけでぜんぜんおもしろくもない小説だった。あたしにだってやしゃごじゃ計算が合わないことくらいわかるのに。早くに先立たれた妻のサキさんの連れ子だったおせんちゃんを向かいの書生に預けては登楼して、あたしに男手ひとつで子どもを育てる苦労を切々と語っては、ただでさえ少ない原稿料を楼で飲み潰した。酔っ払うとサキさんとの思い出を涙ながらにあたしに話して長居するので、あんまりにもひどいときは使いをやっておせんちゃんに迎えにきてもらったこともある。いったいいくら先生のつけをあたしが払ったのか数えてみたこともないけれど、先生のせいで年季が延びたのはまちがいない。

そんなだめなひとでもあたしは、結局先生が好きだった。それは、先生があたしをちゃんと人間として扱ってくれたはじめての客だから。楼にでた最初のころ、あたしはきっとだれかに気持ちをわかってもらえるだろうというはかない期待を持って、いつも身の上話をした。ほとんどの客はあたしの顔や体だけ見ていて、考えることや感情には興味がないのだとすぐに思い知った。あたしは、いつのまにか廓に入るまえのことを話さないようになっていた。そのうち、ほんとうに思いだすことがなくなった。

でも、先生ははじめからほかの客とは違っていた。酔いがまわって、あたしがつい広島の女学校では、ジェインってあだ名だったって話をしたら、つぎに登楼するときに、ブロンテの訳書を持ってきてくれた。流行歌が知りたいっていうと、すぐにいい声で「雨に咲く花」や「無情の夢」を歌ってくれた。先生は合唱部だったとかで歌がうまかった。台湾にも暮らしたことがあるって話をしたら、景気のいいときには南国の果物なんかを、梅田の百貨店で買ってきてくれたりした。

「そういえば、このまえの小説どうでした」

先生の声で我に返る。今夜は泊まりだという先生の浴衣を箪笥から取りだしながら、おもしろかったわ、と答える。ちょっとそっけなさすぎるかしら。小説は、松村喬子という労働運動家が七、八年まえに雑誌に書いたものだった。松村自身が元娼妓で、小説はその体験をもとにしているのだけど、松村は登場しないで、歌子という架空の主人公の語りで展開する物語。最後は同僚三人と楼を脱走して廃業を遂げる。

「そうね——おもしろかったけれど、書きながら本人の気持ちが昂っちゃってるのがわかったり、主人公が清廉潔白すぎたり、もうちょっと創作の修業が必要かしらって——ああ、でも、この稼業のたいへんさや仲間のありがたさは痛いほど伝わってきたわ。あたしも、羽衣さんがいなかったら、もっとやさぐれてたと思うわ」

先生は目を細めて、なかなか手厳しいですね、と笑った。

「あと十年ひと昔っていうのかしら、松村さんが書いてる時代より、あたしたちのほうがちょっとましかもって思ったわ。この楼では、ちゃんと帳場に声かけていけばお客さんとの外出も泊まりも自由だし、江戸時代みたいに折檻されたって話もきいたことないし」

「でもね、ひとはね、どんなに苦しいなかにいても、あのひとよりはまし、とかあの時代よりは、って思うものなんですよ」

あたしは、廓での生活をなにかわかったようにいう先生の言葉に腹が立った。じゃあ、先生があたしたちのこと、ここから解放してくださるっていうんですか、といって、手に持っていた浴衣の帯を投げつけた。ふだんはお客に対してそんなことはしないのに、先生のまえではときどき感情が抑えられなくなってしまう。

先生は、なにごともなかったかのように帯を拾って、ああ、ひな祭りに廓にくるろくでなしのいうことじゃありませんね、お詫びになにかおいしいものでも取りましょうかね、とちょうど部屋に入ってきたおばあさんにお寿司とお酒を注文して、ついでに楼のみなさんに、とご祝儀を渡した。おばあさんは、満面の笑みを浮かべて、ほらほらスミカさん、そんな仏頂面じゃ三善先生に失礼ですよ、とあたしの背中をぱんぱんと叩いて部屋からでていった。

「それで、今夜のろくでなしさんは、ひな祭りの晩におせんちゃんをひとりおいてきて心が痛まないんですか」

あたしが意地悪くそういうと、先生は頭をかきながら（決まりが悪いときのくせだ）、おせんが勉強の邪魔だから行けっていったんですよ、といった。

そんなことあるかしら、と思いながら、だめなひと、とあたしがいうと、先生はまたごまかすように笑った。笑っているのに目は悲しそうで、たぶんこんなときはサキさんのことでも考えているのだろう。あたしは、この目に弱いのだ。

たったいま届いたばかりの伊勢屋の鉄火巻きを口に運ぶ。寿司は伊勢屋、天ぷらは大黒、中華は京月楼というふうに、廓に台のものを届ける店は決まっている。伊勢屋は光りものはいまひとつだけれど、鉄火巻きはなかなかのものだった。

「ねえ、先生、南地の芸者のねえさんたちの山籠り罷業の続きをきかせてくださいよ」

あたしはおいしいものを食べて、熱燗で酔いも少しまわってすっかり上機嫌でいった。先月末、客から、南地の芸妓衆が六十人も生駒の信貴山にお参りのふりをして登り、寺に立て籠って、芸妓組合の承認を求めるっていう世にもめずらしい同盟罷業の話をきいたのだった。

「ふしぎですねえ、新聞で連日報道されてますよ。大阪毎日なんて全面写真でねえさんたちのインタビューまでとってて。噂ではアメリカでも記事になって義捐金が届いたとか」

その話で、三月に入ってから新聞が支度部屋になかったり、届いていてもページが足りなかったりした理由が腑に落ちた。いやなあ、焚き付けが足りんくてな、なんて楼主の船場は白々しくいっていたけれど、要はあたしたちに同盟罷業の情報を伝えたくなかったんだ——。いちばん長く楼にいるみどりさんに、さいきんはあまりきかなくなったけれどな、昔は天神さんの夜とか、松島じゃよく同盟罷業があったんやで、とまえにきいた。

「それで、どうなったんです?」

「世間じゃあ、芸妓のねえさんたちが要求を貫徹したなんて持ちあげてますけど、わたしから見たら、結局うまいこと警察に骨抜きにされたって感じですね。いま警察署長が仲介に入って落としどころを探ってるところです。そりゃあ山に籠ってどうなるか不安だったねえさんたちは大喜びでしょうけど、これからも警察に首根っこつかまれたまんま商売しなきゃなんないんですよ」

そういってため息をついた。そのとき、障子の向こうで、三善先生、お電話です、という新造の声がした。先生は、すみません、と部屋をでて、階段を下りていく。

しばらくして戻ってくると先生はいかにも残念といった表情を浮かべていった。

「ごめんなさい。急用が入ってしまいました。この埋め合わせはまた今度いたしますので」

廓にきて埋め合わせなんていってる先生がちょっと滑稽だったけれど、あたしは、お気をつけて、とコートを羽織らせて先生を送りだした。これまでもこういうことはたびたびあって、それはたぶん先生がかかわっている社会運動の組織に関係する急用なのだろうけど、あたしは詳しくはきかなかった。きいて話してくれるとも思えなかったし、あたしは先生がどれくらい危ない橋を渡っているのか知ってしまうのが怖かった。


夜中に新造に案内されて、真っ青な顔のおせんちゃんが部屋に入ってきた。新造が眠そうに目をこすりながら部屋をでていくと、おせんちゃんは、西九条の長屋のまえで張り込んでいた特高にお父ちゃんが連れていかれた、と泣きそうな顔をしていった。きけば、このところ私服が長屋周辺をかぎまわっている気配があったから、なるべくあたしの部屋や馴染みの出版社といった、ほかにもひとがいる場所で眠るようにいっていたらしい——ごめん、先生、ほんとうだったのね。おせんちゃんは捕まった場合にはあたしに、と先生が残した伝言まで伝えてくれた。それは、取り決め通りにたのむ、という色気もへったくれもないものだ。

あたしと先生のあいだには、やっぱり色気もなにもない取り決めがあった。先生が逮捕されたら、先生が交友関係を持っていたひとたちを守るために書類をすべて焼いて、重要な封筒をひとつ横浜の李というひとに手渡すこと。その危険を引き受ける代わりに、先生の知り合いがあたしを廓の追っ手がたどりつけない安全な場所まで逃がす――。

ほかの男のひとたちとそこは先生も同じで、廓から救いだすことになにかロマンを感じているみたいだった。でも、その取り決めをしたとき、あたしは廓から離れることは実はどうでもよかった。どうせどこへ行っても同じだ。それなら馴染みもいてそれなりに稼げる廓にいたほうがいい。そう思っていても、あたしは、命懸けの約束というのをしてみたかったのだ。あたしにも、体をはって守るものがあるって思いは、なんだか宝物みたいで、三年まえにその約束をしたときから、密(ひそ)かにそのときがくるのを心待ちにしていた。それは先生の危険と背中合わせの約束なのに、なんとも無邪気なものだ。

あたしは、鏡台の裏に隠していた先生からの手紙とお金をおせんちゃんに渡して、楼の人間に気づかれないように身支度を整える。先生から預かった手紙や書類の束を、まだかすかに火が残っていた楼の風呂焚きかまどに放り込んだ。宛名がちらりちらりと見える。全国エスペランティスト協会、『闘ふ人民』編集部、プロレタリア作家同盟――全部灰になっていく。かまどのなかで音を立てて燃える炎を妙に現実離れしたような気持ちでながめる。

――きっと、先生はもう帰ってこないだろう。

ろくでなしの先生だけど、簡単に転向するとは思えなかったし、若いころに患ったっていう肺の病の後遺症で、ほんとうによく風邪をひいて悪い咳をしていた。プロレタリア作家の小林多喜二が特高に拷問で殺されたって話や、社会主義者やアナーキストがどんなひどい目にあわされるかってことも先生からさんざんきいていた。でも、ひとり残されるおせんちゃんは、いったいどうやって生きていくんだろう。あたしみたいに廓に入るんだろうか。そう思うと、急に涙がぽろぽろと落ちてきた。

「おせんちゃん、あたし、先生がまえにいっていた横浜の李ってひとをたよって逃げられるだけ逃げてみるわ。あなたもこない？」

　廓のなかしか知らないあたしになにができるのかまったくわからなかったけど、部屋で泣きながら先生からの手紙を読んでいたおせんちゃんを見た瞬間に、気づいたらそういっていた。

　おせんちゃんは、涙をぬぐって、ありがとうって笑った。

「でも、うちが横浜行ってしもうたら、お父ちゃんのこと引き取るひとも葬式あげるひともおらんやろ。うちは大丈夫やし、スミカさん気にせんと逃げて」

　まだ十二、三だっていうのに、おせんちゃんがあまりに健気でまた泣けてきた。あんたが泣いている場合やあらへんで！　あんまり身につかなかった関西弁で自分自身にいうとあたしはいちばん上等な大島紬の袷をおせんちゃんに渡して、こんなときのために準備していた地味な銘仙に着替える。おせんちゃんに帳場を見張ってもらって、コートを羽織って、急いで楼の勝手口から外にでると、もう春も近いっていうのに雪がちらついていた。あたしは、心のなかで、先生と、好きになれなかったこの街に別れを告げる。

お世話になった羽衣さんにだけは一言挨拶をしておきたかったから、危険を承知で横浜の木賃宿から羽衣さんの姉のふりして電話をかけた。

「えらいたいへんやったんよ。明け方に特高のひとらが、スミカって女はどこにおるって押し入ってきて、部屋はもぬけのからで一枚の着物もないし。そりゃあお父さん、すごい剣幕やった。スミカ、あの恩しらずが、主義者なんかに入れ揚げてしまいに足抜けか！　ってね」

たしかに楼主の船場には、お母さまが病気になったときとか、葬式のときには休みをもらった。でも、それだけだ。終わりなく続く残酷な労働の七割をあいつがとって、あたしの三割からは季節ごとの衣装代、髪結(かみゆい)代、客の立て替え、ってほとんど手元に残らなかった。

――恩なんてこれっぽちもあるもんか。

「ごめんなさい。羽衣さんにまで迷惑かけちゃって。特高に疑われやしないかってほんとうに心配だわ」

受話器の向こう側でいつも通り陽気な羽衣さんの声が響いた。

「大丈夫やで！　スミカって高女上がりを鼻にかけて、ほんま恩しらずで、傲慢やったからうちは大きらいやった、楼でも仲良うしてた子おらへんのちゃいますかってゆうといたしな」

羽衣さんはそこで声の調子を落とすと、気にせんとき、うちらのことより、せっかく外にでたんやし、体気いつけて元気でやり、あんたは賢いからなんとかなる、といった。

「ごめん、気づかれそうやしそろそろ切るわ」

　通話が途切れると、急にしずかになったように感じる。このまま泣いていたかったけれど、そんな時間はない。あたしが電話でひとつだけ胸をなでおろしたのは、おせんちゃんが母方の伯母さんをたよって神戸に行くということだった。羽衣さんの話では、ドイツ人の夫と北野坂で洋食屋を経営している伯母は、先生が逮捕されたときくと真っ先におせんちゃんのもとに駆けつけてきたそうだ。あたしなんかと流浪の旅にでなくてほんとうによかった。

　羽衣さんのつぎに、先生から預かっていた番号に電話をかけると高木（たかぎ）という男につながった。あたしは、まえに先生からきいていた合言葉のようなセリフを口にする。

「すみません、お願いしていたのと違う雑誌が届いたんですが。注文していたのは『歌舞伎』ではなく『うきよ』です」

　少しの沈黙のあと、では、交換の品を三十分でお届けしますので、ご住所を教えていただけますかと高木はいった。宿の名前を告げると、すぐ電話は切れた。こんな冗談のような合言葉が通じるなんて、先生のつまらない小説の世界みたいだわ。ぴったり三十分後、梁と名乗る学帽をかぶった男がやってきた。この弱々しいひとで大丈夫かしら、と思うくらい線が細くて色白、教科書で見た滝廉太郎（たきれんたろう）を彷彿（ほうふつ）とさせる眼鏡をかけた若者だった。

「ちょっと本屋まで歩きましょうか」

　そういって歩きだしたので、あたしは取るものもとりあえずあとを追う。人気（ひとけ）のない路地に入ると早足で歩きながら梁は、身分証明書と乗船券の用意が整うのは明日になるということと、目的地は上海だということを告げた。あたしは、ただ呆気にとられてきいていた。先生は、自分はしがないエスペランティストにすぎませんなんていっていたけれど、実際はどんな国際的な組織にかかわっていたのだろう。荒唐無稽に思えていた先生の小説が急に現実になったようなふしぎな心持ちだった。

「どうして、あたしなんかのために、そんなにしてくれるの」

梁は再びあたりを見まわしてひとがいないことを確かめると、はっきりとした口調でいった。

「三善先生から、ずいぶんご苦労なされたときききました。お父さんが子爵の罪をかぶって入獄されたとか。この社会に怒りを持つあなたなら、大陸で、そして日本でも踏みつけられている多くの同胞の解放のために、きっと力になってくれると信じているからですよ」

あたしは、先生があたしにとっては見ずしらずの他人に身の上話をもらしていたことにかすかな怒りを覚えた。

「あたしにそんな期待されたって——知ってるでしょ、あたしは娼婦よ。自分の身の上を哀れと思いはしても、社会への怒りなんてとても——」

そのとき梁はあたしの目をきっと睨んで、それはあなたもアジアの人民から奪う側にいるからですよ、と刺すような声でいった。

その瞬間、あたしは衝動的に梁の学帽をひったくって、地面に投げつけていた。

「あんたになにがわかるの！　こんな偉そうな帽子かぶってさ。十八から廓で奪われ続けてるあたしが、なにをひとから奪うことができるの？　あたしだってほんとは日本女子大の門をくぐりたかったのよ。それがなんの因果かくぐったのは廓の大門なんて冗談にもなりゃしないわ」

驚いたような顔をして梁は、すみません、とぽつりといった。それから申し訳なさそうに学帽を拾ってほこりをはらうと、また歩きだした。あたしもしょうがなくあとをついていく。そのまま向こうに明るい車通りが見えるところまでくると梁はふりかえった。すっかり弱気な学生の顔に戻っていた。

「でも、あなたは日本人の戦争や差別と無縁なんですか」

あたしが答えられずにいると、梁は、じゃあ、大陸で帝国の最前線を目を開いて見てきてください、明日三時にこの先の本屋で、といって早足で歩き去った。あたしは、暗い路地にひとり取り残される。あたしの足元を三毛猫がすばやくすり抜けていく。まだ子猫のように見える。

猫のあとを追うと、すぐに大通りにでた。モダンな商業ビルや洋食屋にならんで、「梁山泊(りょうざんぱく)」という看板のかかった小さな本屋があった。ガラスから漏れるオレンジの灯りに、夏の夜の昆虫のように、あたしはひきつけられる。ガラス戸越しに雑誌の見出しを目で追う。「夏の日焼けをふせぐ化粧法」「性の秘密について専門家は語る」「消えた金塊、だまされたのは三万人」。戦争ははるかに遠い空の向こうのできごとだった。


翌日、午後三時にふたたびそこに行くと、店主とおぼしき老人が軒先をはいていた。あたしを見ると、ああ、よかった、といって『婦人公論(ふじんこうろん)』を手渡してくれた。

「昨日、まちがえて『主婦之友(しゅふのとも)』をお渡ししてしまったので、どうしようかって思ってたところだったんですよ。『主婦之友』はいまお持ちですか」

ひと違いじゃ、といいかけて、老人の含みのある笑いを見て思いとどまる。

――ああ、そうか、目的地はここなのね。

あたしは、そこで先生から預かった封筒を老人に手渡した。たぶん、このひとが先生のいっていた李だ。

「返本たしかにお受け取りいたしました」

あたしが深々と頭を下げると、道中気をつけて、と老人は小さな声で優しくいった。

その晩、あたしはほとんど空っぽのトランクに、身分証明書と乗船券がはさんであった『婦人公論』と数枚の着替えだけ入れて、夜の埠頭から上海行きの汽船に乗り込む。

ひとりの旅立ちと思っていたら、港には滝廉太郎眼鏡の梁が送りにきてくれた。あたしは、昨日梁にぶつけてしまったいらだちをちょっと反省しながらも、気丈に、あなたもどうぞお元気で、といった。そうしないと、引き返してしまいたくなるくらい、不安でいっぱいだったのだ。梁はあたしに船で同部屋になるおかみさんを紹介すると、小さく、では、お元気で、といって港の人ごみにきえた。


それから一週間ほど過ぎて、上海ではじめて手に入れた日本の新聞紙をぱらぱらとめくっていたとき、たった数行の訃報（ふほう）が目に飛び込んできた。「格闘して逮捕され作家急死。此花（このはな）区西九条○○町在住三善武吉（たけよし）は空想小説『巴里にきた名探偵馬村』などの連載でしられたが、先日三月三日夜半巡査と口論の末逮捕されたが、尋問途中に苦悶(くもん)し始め医師の到着を待たずして心臓麻痺(まひ)で急死したと……」。あたしは、発作的に新聞を破りすてる。なにひとつほんとうのことは書いていない。たしかなのは先生が死んだってことだけだ。

——やつらが殺したんだ。

廈門、一九四一年十月二十四日

第八市場の月餅屋のまえでヤンファと別れた。最後まであたしは一言も言葉を発しなかった。ヤンファも別れの挨拶もなく、ぷいっと大通りの雑踏のなかにきえていった。

午前の出勤時間ぎりぎりに、朝日倶楽部の階段を上ると、開店間近だっていうのに、まだ掃除も終わっていないようだった。あたしは、カウンターのなかでうつろな目でコップを洗っていたモミヂに、ごきげんよう、と女学生みたいに挨拶する。モミヂの顔がぱあっと明るくなった。

「リリー！　よかった。あなたまでなんかあったんやないかって心配やったんよ」

「あなたまで、ってどういうこと？」

あたしは、昨夜最後の挨拶に寄る、といっていたミヨのことを思いだして、不安がこみあげてきた。

「マチコがね、昨日の晩――」

そこまでいってモミヂは涙ぐんだ。マチコならべつにどうでもいいか――あんなひとのために涙を流すなんてほんとうにモミヂはお人好しだ。

「それで、マチコがどうしたの」

しばらく涙で言葉がでてこないようだったけれど、死んじゃったんよ、というと、堰をきったようにモミヂは話しだした。すべては、昨夜、あたしにお別れの挨拶にきたミヨを、マチコがからかったところから始まった。ふだんだったら適当に受け流しただろうけれど、あたしがいないことにすっかり気を落としていたミヨは、そのときは客の飲んでいたワインをマチコの青い旗袍にぶちまけると、あんたなんか地獄に落ちればええって叫んだという。

「ミヨさん、すごい剣幕でお店から飛びだしていったんよ。マチコも大声で、この田舎者、淫売とかひどい言葉で怒鳴り散らして追いかけて、でも追いつかなくて——ぜんぜん怒りがおさまらないみたいで、ワインで汚れた服のかわりに、ミヨさんが餞別にってあなたに持ってきたきれいな深紅の旗袍にね、みんなで止めたのに着替えて——」

「じゃあ、マチコはミヨがあたしにくれた服を勝手に着たの？　ひどいわね。いまどこにあるの？」

あたしがそういうとモミヂはあたしのワンピースの袖を摑むと、首を横に振った。

「撃たれたんよ、マチコ。旗袍も穴が開いちゃってるわ」

その言葉にあたしは、背筋が一気に冷えていくように感じた。あたしの胸を銃弾が突き抜けていく場面を想像する。もしかしたら、マチコはあたしと間違えられたのかもしれない。そう思っても、マチコの冷ややかなまなざしを思い浮かべると、同情の気持ちはわかなかった。楊はこうなることがわかっていて、あたしを廈門から遠ざけたんだろうか。

モミヂの話では、ミヨとの喧嘩とマチコの死はまったく関係のないできごとだった。夜十時ごろに、踊っていた若い男が肩がぶつかったと新聞社の駐在員にいいがかりをつけた。取っ組み合いの喧嘩が始まって、その男がいきなり取りだした拳銃の弾が、偶然そばで見ていたマチコの胸に命中したのだという。しばらくはなにが起こったのかわからないで、倒れたマチコを介抱しようと客や同僚が集まっているあいだに、男はどこかにきえてしまった。

「男の剝きだしになった腕にね、龍(りゅう)の刺青が入っとって、その目に睨まれたみたいに感じてぞっとしたんよ——ああ、その話警察にし忘れたわ。そうね、リリーは昨夜おらんかったんやし、事情聴取に巻き込まれても厄介やろから、今日はもう帰ったら。さっきまで刑事さんがおったんやけど、いまはちょうどお昼やねん」

たしかに警察とはできるかぎりかかわりたくなかったので、あたしはモミヂに礼をいって、いま入ってきたばかりの扉を開けて、外にでた。うしろで、モミヂが、あなたも気いつけてな、といった。店に入ったときよりも太陽がまぶしく感じられる。

まっすぐ部屋に帰るはずだったのに、小さな依頼者にぜんぜん本業ではない探偵業務を命じられることになった。

思明西路から名もない小路に入る角に茶館があって、あたしは出勤まえに時間があるときは、ときどきその茶館のシャンシャンというおねえさんと雑談をする。台湾出身のシャンシャンが日本語で話しかけてくれたのがきっかけだった。高山茶おいしいよ、といつも何杯もそそいでくれて、あたしも朝日倶楽部でたくさんチップをもらったときは、茶葉を買って帰ることもある。でも、きょうはシャンシャンはいなくて、かわりに妹のシャオメイが泣きそうな顔をして店番をしていた。廈門で生まれたというシャオメイはまだ日本語ができないから、そのかわりに親から習ったばかりの北京語で外国人のあたしに声をかけてくる。

シャオメイに手を振って通り過ぎようとすると、悲痛な声で、ウォーダマオミールーラ……、とあたしの目をじっと見た。あたしは、そういう小動物みたいな目にほんとうに弱い。

あたしはつたない北京語の語彙を駆使して、シャオメイの表情もあわせて意味をさぐろうとする。ウォーダ、「我的」、わたしの。マオは、音が上がってても下がってもいないからきっと毛沢東のことじゃなくて「猫」だ。そのあとはよくわからないけど、八つか九つの子どもが泣きそうな顔をして「私の猫が」っていっていたら、死んだか迷い猫だろう。そういえば、茶館には座布団のような「肉松（ロウソン）」って名前のふてぶてしい三毛猫が棲みついていたのだけど、今日は姿が見えない。肉松っていうのは、廈門名物の乾燥した肉でんぶのことだ、どうでもいいけれど。

たどたどしい北京語で、肉松去哪啊（チーナーア）？　肉松はどこ、ときいてみる。

シャオメイは、頭を横に振って泣きながらあたしの手を掴んだ。そのまま店をでて、細い路地に入るとしばらくまっすぐ歩いて、写真館のまえまでくると立ち止まった。写真館の隣は空き地になっていて、廃材が無造作に積まれている。たしか先月この通りを歩いたときには、白い洋館が建っていたから、さいきん取り壊されたのだろう。シャオメイは、身振り手振りでなにかを説明しようとしている。どうやらここまで肉松を抱いて歩いてきたらしい。しかし、そこでなにかがあって肉松がわたしを引っ掻いて、飛びだした――。そこまで理解したとき、写真館でボンッという大きな音がした。シャオメイは、大きな声であたしにはわからない悪態をついた。ああ、ようするに、シャオメイが気まぐれで猫を連れてきたときに運悪くストロボの音が鳴って、肉松が驚いてどこかに行ってしまった、ということか。

あたしの語彙ではうまく断ることもできなくて、つい、まかせて、といってしまう。期待できらきらと光るシャオメイの目を見ながら、あたしは必死で頭を働かせる。人気のない路地裏にポツンとたたずむ写真館と、廃材が積まれた空き地。目に入ってくるものからは、なにもヒントが得られない。「現場には必ず足跡がある」ってだれかの小説で読んだ気がするけど……。

頭のなかに浮かんだイメージを並べてみると、巴里、探偵、下町言葉というなんとも奇妙なものだった。そうか――先生の小説の一エピソードだ。こんなときに思いだすのが大しておもしろくもなかった先生の小説だなんて。それでも、あたしは必死で記憶の奥深くに沈んでいた場面を思いだす。

あれはたしかアルセーヌ・ルパンの幼い息子が、猫探しを松尾馬村に依頼するというやっぱり荒唐無稽な話だった。猫のグリュグリュを探してモンマルトルの丘を歩きまわる馬村とその息子の馬吉(ばきち)と不安そうなルパン二世。親同士の因縁の対決は一時休戦で、ルパンと馬村は協力し合う。地面を這うように探す馬村にルパンが、さっきからなにしてんだい、猫の毛でも落ちてるっていうんじゃないだろうね、と冷やかす。そのとき、顔をあげて自信満々の馬村は下町言葉でいうのだ。

「まあ素人風情は黙って見ていなさいよ。生きものってのはね、おまえさん、どんなに小さくたって必ず足跡を残すもんなんだよ」

あたしは、そこまで思いだして、足跡ねえ、とつぶやいた。記憶のなかの馬村と同じように、しゃがみこんで地面をじっと見る。シャオメイはしばらく興味津々という様子で見ていたけれど、店番のことを思いだしたのか、あたしの手を握って、多謝、と子どもっぽい声でいうと店のほうに駆けていった。あたしはワンピースなんて着てくるんじゃなかったと恨み言をいいながら、写真館のまえから空き地まで地面を這うように痕跡を探す。

あった！　昨夜雨が降ったのか地面が湿っていたのと、だれも入らない場所だったのが幸いして、空き地に転々と続く小さな猫の足跡があった。あたしは注意深く、しなやかに豹のように歩くヤンファを意識しながら足跡をたどる。よっぽど怯えていたのか地面を掻きむしるような足跡が空き地の奥の塀まで続いていた。塀のまえには煉瓦や木の柱などの廃材が積み上げてある。あたりを見まわしても、もうそこからどこに行ったのかまるでわからなかった。あたしは、またすがるように、先生の小説の場面を思い浮かべる。あの小説の最後、猫はどこにいたんだっけ……。目を閉じると、なぜだか先生の顔をした馬村が、「思い込みをぜーんぶすてちまったら、答えは案外すぐに見つかるもんなんだよ」といった。

「でもその言葉じゃ、どこへ行ったのかはわからないわね」

廃材の山をもう一度ながめてあたしは失敗に気がついた。泥のなかを走ってきたはずなのに、廃材の上にはたったひとつも足跡が残っていなかった。同時に小説の結末も思いだす。グリュグリュは逃げだした公園の植え込みのなかで息を殺して隠れていたのだった。つまり、あたしの思い込みは、廃材を乗り越えて猫がどこかへ行った、というもので、たぶん肉松はこの廃材のなかに隠れている——。

急いでシャオメイを呼びにいくと店にはシャンシャンも帰ってきていた。お茶をすすめてくれるシャンシャンに早口で状況を説明して、シャオメイに伝えてもらった。三人で空き地に戻って、シャオメイが、廃材のまえで三回、肉松と呼ぶと、すぐに小さな鳴き声がきこえた。結局ふてぶてしい顔をした肉松がシャンシャンの持ってきた手羽先につられてでてきたのは、それから二時間くらい過ぎたころだった。

「リリーは、実は探偵の素養があるのね」

シャンシャンがそんなふうに褒めてくれて、あたしはなんだか先生の小説が褒められているようでちょっとうれしかった。たしかおせんちゃんも広重（ひろしげ）という猫を飼っていたから、もしかしたらこの話は先生がおせんちゃんの猫を探したときの実話なのかもしれない。「探しものはね、あんた、思い込みをすてりゃ、案外足元に転がってるもんなんだよ」そんな馬村の言葉で小説は終わる。

距離にしたら二十分もかからない道中、大きな寄り道をしてしまったので、部屋に帰りついたときはもう夕刻だった。階段を上りながら、水差しのなかの殺鼠剤やマチコのことを考えて、また緊張が戻ってきた。玄関の扉を開けると、扉の間にはさんであったのか一枚の葉書が床に落ちた。拾い上げて部屋に入る。

電灯のスイッチを入れて、オレンジの光の下で葉書を見ようと思った瞬間、たったいま閉めたばかりの扉が開いた。あたしは反射的に葉書を机の引き出しに隠す。

暗闇に大きな目だけが光っていて、あたしは胸がはずむように打っているのを感じる。ヤンファだった。

「一日中、歩きまわって足が棒やわ。これからまた何ヶ所かまわらんといかんから夕飯なにかつくってよ」

ヤンファは、いい争ったのが嘘のように、またすっかりいつもの図々しいヤンファだった。あたしは、しぶしぶ口を開く。

「二日間留守だったし、なにもないわよ」

そう答えながらも、さっき茶館のシャンシャンにお礼としてもらったちまきが四つもあることを思いだした。ヤンファに、猫探しとその成果のちまきなの、と尊大な口調でいったら、リリーは猫探偵くらいがちょうどええな！　と大笑いされた。あたしは、またばかにされて気分が悪いので、温め直すから隣で火もらってきて、とヤンファに冷たくいった。あたしが怒っていることに気づいたのか、それとも機嫌をそこねてちまきをもらえないとたまらないと思ったのか、ヤンファは素直にいいつけに従って、隣のホアンおばあさんから火種をもらってきてくれた。

湯気をあげる蒸籠をながめながら、朝日倶楽部でのできごとを説明する。ヤンファは、ちまきのことを考えているのか、心ここに在らずという感じだったけれど、話し終わると、一言、楊の思惑通りになったんやな、といった。

「どういうこと？」

「家を留守にしたら鼠(ねずみ)がでてきたってことや。だからあいつは信用できひんっていったやろ」

少し考えてヤンファがミヨのことをいっているのだと気づく。

「なんでミヨが信用できないの？　マチコが撃たれたときにミヨはもういなかったのよ」

ヤンファは憐(あわ)れむような目であたしを見た。

「どうしてマチコが撃たれた思うとるん？　リリー、ほんまは気づいてるんやろ。そう思いたくないだけで。マチコはだれの服を着とったん？」

あたしがもらった――そこまでいって、あたしはヤンファがなにをいおうとしているのかをはっきりと理解した。マチコは、ほんとうだったらあたしが着ているかもしれなかった服を着て、それで撃たれた。

黙り込んだあたしの顔を見て、ヤンファは、そういうことや、あいつのうしろにだれがおるかわからんけど、敵だって考えるんがいちばん筋が通るやろ、と笑った。

それでも、あたしはやっぱり引っかかっていることがあった。それならどうして、ミヨはマチコがあたしの服を着るような状況をわざわざつくったんだろう。そもそもミヨならあたしを狙う機会はほかにいくらでもあったのに。

湯気が立ち上るちまきをお皿の上でほぐすと、なかには豚肉とウズラの卵、それにピーナッツも入っている。ヤンファは、これうまいやん、といいながらほおばる。あたしもシャンシャンとシャオメイに感謝しながら食べる。ピーナッツの香ばしさと、豚肉の濃厚な脂が口のなかでとけるようで、ほんとうに絶品だった。ふたりで四つ、あっという間に食べてしまった。

食べ終わるとヤンファは、そうやった、といって小さなメモ帳を開く。

ヤンファが街中の情報屋をまわり、それから楊に会って集めてきた情報は、驚くべきものだった。岸の暗殺計画をすすめているのは、あたしたちだけではないらしい。岸は国民政府の諜報機関からも狙われていて、すでに新東亜タイムズにも諜報機関の人間が潜入しているという。それだけではなくて、ヤンファはマチコを撃った龍の刺青の男のことまできいていた。その男は国民政府に雇われた暗殺者のひとりだという。さらにもうひとりコロンス島出身の大柄な男も暗殺計画のために廈門に到着して岸の動向を見張っているという。それだけ情報があったから用心のため楊はあたしたちをいったん島の外にだしたのだ。

話の最後にヤンファは楊の口真似(くちまね)をして、できるだけ早く暗殺を成功させて国民政府の鼻をあかしてください、といった。ヤンファの予想では、朝日倶楽部にも何人か国民政府の息のかかった女給がいて、そのひとりがミヨじゃないかということだった。

「なんで共通の敵がいるのに、あたしが狙われなきゃいけないの？」

「うちらが先に動いて失敗したら暗殺が難しくなるからかもしれんな。リリー、さいきん、岸に誘われることあったんちゃう？」

ああ、コロンス島のことだ。それなら実は岸があたしの正体に気づいているって可能性もあるかもしれない。嘘で塗り固められた世界で数年過ごしているけれど、やっぱりなにが嘘なのか見破るのはとても難しいと感じる。

「うちらをけすための、殺し屋もどっかにおるんかもな」

ヤンファが何気なくいった一言にあたしは、楊から伝えられた使命を思いだしてどきりとする。あたしがなにもいわないでいると、ヤンファはあざけるような笑みを浮かべて、あたしのお腹に冷たい棒のようなものを押しつけた。

「覚えとき。スパイは仕事が終わった瞬間がいちばん危ないんやで。もう用なしやのに、依頼人やボスの顔を知っとるんやから」

ふーん、といって視線を下げると、ヤンファが押し当てていたのは銃口だった。息が詰まる。うまく言葉がでてこない。ようやく、あたしを撃つの、ときくと、ヤンファは驚いたような顔をした。

「そんなわけないやん」

そういって、強引に唇を重ねてきた。ああ、これは昨夜の意趣返しだ。問いかけに答えないで、ひとり背を向けて眠ってしまったあたしへの。

ヤンファがあわただしく部屋からでていったあと、あたしは机の引き出しに隠していた葉書を取りだす。ねえさん、ちゃんとお別れいいたいし、あした、夜九時に海洋楼にきて、というそっけない走り書き。しかし、それは、字を書けないはずのミヨからの葉書だった。

廈門、一九四一年十月二十五日

一九三〇年代の開発をへて、何本もの大通りが交差するようになった大漢路のまわりとうってかわって、玉沙坡はどこかひっそりとしている。夜になると細い街路には、赤い提灯(ちょうちん)がともされ、子どもたちがその下を駆けまわる風景は、もはや遠くなりつつある清の時代から変わっていないのだろうなと、あたしは思う。月明かりの下、あたしは、迷いながらも、結局ミヨの言葉に導かれるように、海洋楼のまえに立っていた。

——ヤンファになにもいわないできてよかったんだろうか。

この店には廈門についてまだ日が浅いころ、一度楊に連れられてきたことがある。それは、これまでの活動への慰労ということだったけれど、結局は朝日倶楽部を舞台としたあたらしい諜報活動の指令だった。上海や香港と同じようにカフェーで働いてもらおうと思います、これまでいちばん小さい街ですが最も重要な任務になるのでいつも以上に警戒してください——たしか楊はそんなことをいってあたしに重たい紙包みをひとつ渡した。部屋に帰って開けると、小さなおもちゃのような拳銃が入っていた——。

赤や黄色の電飾がまぶしい入り口を入ると、左手の壁一面にならべられた水槽のなかに、色とりどりの熱帯の魚が泳いでいて、なかには内地でも見たことのある伊勢海老や上海蟹もいる。

「ねえさん、こっちやで！」

元気のいいミヨの声がした。薄暗い店の奥の大きな円卓にミヨが座っていた。長かった髪をばっさり切って、まえよりもさらに子どもっぽい印象になっている。どういうわけか、ミヨの隣には、岸の側近の郭が座っていた。

「断髪も似合うわね――それより、ミヨ、あなた字が書けたの？」

郭への挨拶もそこそこにあたしはきいた。ミヨはごまかすような表情を浮かべる。

「あたしねえさんのきれいな字が好きなんよ。ねえ、郭さんがご馳走してくれるんやって。あたしの送別会にお友だちもぜひ呼んでね」

テーブルの上には、蛤の蒸しもの、空芯菜の炒めもの、骨つき豚肉の紅麹焼きといったこの地方の料理がならんでいる。ミヨの話ではこれからマナガツオの酒蒸しがでるのだという。魚介はあんまり得意でないあたしも、淡泊なマナガツオは大好きで、それを知っているミヨがたのんでくれたのかもしれない。

「リリーさんには、いつも逃げられてしまいますからね、今夜はぜひ呼んでくださいとお願いしたんですよ。ちょうどお仕事がなくて幸運でした」

郭が陽気なふりをしていった。郭になにをいわれても、尋問されているような気がするのはどうしてだろう。ここでは、ほんとうのことを答えるのが正解だろう。

「一昨日の事件はご存知？　マチコさんが――。それでお休みなんですよ。どうしてあたしを？」

　そうでしたね、というと郭は、蛇のような目を細めて笑った。

「もちろん、リリーさんが魅力的な女性だからですよ。こういっちゃ失礼ですが先生にはもったいない。コロンスの別荘なんかおよしなさい。佐藤さんが嫉妬しますよ」

　佐藤、という名前にあたしは体が軽く緊張するのを感じる。ミヨの顔をちらりと見ると、やっぱりごまかすように笑った。ミヨがもらしたのか。あたしは、郭へどう言葉を返したらいいのかうまく判断できなかったけれど、黙っていては気まずい。

「あの人はただの親切なお客さんですよ」

「ただのお客さんが部屋まで貸してくれるものですかねえ」

「はっきりおっしゃってくださいよ。あたしが妾かどうかお知りになりたいのかしら」

「すみません、そんなつもりはないんですよ。ちょうど、魚もきましたし、乾杯いたしましょう」

　陽気そうに振る舞っていても、郭の目は笑っていなくて、それが不気味だ。

「ごめん、ねえさんが佐藤さんに部屋借りてるってあたしがいったんよ」

　申し訳なさそうにいうミヨを横目に、郭に向かって、あの人は親切なお客さんですよ、と念を押すようにいった。

「そうでしょう、そうでしょう。それはそうと、もうひとついいですか。実は一昨日の事件のことで、警察の捜査に協力してるんですが、マチコさんのこの数日の行動をなにかご存知ないですか。だれかと会っていたとか……」

たしかに岸の側近である郭が捜査に協力するのは十分にありうることだろう。そうね、といって考えるそぶりを見せる。マチコはかわいそうだけど、もう亡くなってしまっているのだから、なにを話しても迷惑がかかることはない。

「そういえば、火曜日の午後に、この店にお客さんと入っていくのを見たわ。ねえ、ミヨ、あたしたち、あの向かいの茶館のバルコニーにいたわよね」

ミヨは豚肉の紅麴焼きに箸を伸ばしながら、うなずいた。

「そのお客さんというのは、朝日倶楽部に出入りしているひとですか」

「寺田っていう日本語教師よ。よく知らないけど、まえに一度話したときに花蓮港(かれんこう)の蕃童(ばんどう)教育所にいたっていってたわ」

郭は、なるほど、といってメモをとると、ほかにはなにかありませんか、ときいた。あたしはマチコのことをできるだけ思いだそうとする。いまの郭の仕草でマチコのなにかを思いだしたような気がするのだけど——。

「そうだわ。マチコさん、勉強熱心で、いつもお客さんからきいた話を休み時間にメモしていたわ。どうしてってきいたら、この商売ではお客さんのしてはることしっかり覚えるんが大切なんよって」

郭は大きくうなずいた。そのとき早足でテーブルにやってきた店員が郭の耳元でなにかを告げた。郭は、うなずいて立ち上がる。

「すみません。先生から明日の打ち合わせを、という連絡が入りましたので、わたしはここで失礼いたします。おふたりはどうぞごゆっくり。では、リリーさん、ごきげんよう。梨花（りか）さんは航海のご無事を祈っていますよ」

そういうと郭は、会計をすませて足早に店からでていった。あたしは、ミヨの顔を見る。

「梨花がほんとうの名前なの？」

ミヨはいたずらっぽく笑うと、どれが本名かなんてわからへんわ、ねえさんも同じやろ、といって、店員を呼ぶと、早口でなにかを告げる。それは、人力車に行き先を告げるときにミヨが話していたたどたどしい言葉とはうってかわって、自然な閩南語だった。あたしはまたミヨの顔をのぞきこむように見た。

「まだ食べもの残ってるしな、ビールあと二本追加ゆうたんよ。ねえさんも、廈門に二年近くも住んでんやし、そろそろビールくらいたのめたほうがええんちゃう。ほら、そんな顔せんと、乾杯しよ」

運ばれてきたビールの栓をテーブルの角を使って器用に開けて、ミヨはまずあたしのグラスにそそいでから、自分のグラスを満たす。ほらほら、今夜で最後なんやし、もっと楽しもうや、嘘ついたのはごめんやけど、あたしにも事情があったんよ、といってグラスのビールを一息で飲んだ。あたしも、一気に飲み干す。大陸の薄いビールだった。

外にでると分厚い雲で月は隠れていた。ミヨはもう今夜にも郭の手配したボートでコロンスに渡るという。そのボートがつく玉沙坡からほど近い砂浜に向かって歩きながら、ミヨはゆっくりと自分自身の身の上を話してくれた。まえにきいていた天草の坑夫の長女という経歴とはまったく違っている。台湾で生まれて、関西の言葉は大阪の女学校に通っていたときに覚えたのだという。あれだけあたしを女学校卒とからかったミヨ自身が女学校に通うためにわざわざ海を渡ったなんて――。

「あなたも女学校でてたのね」

あたしはなにか大切なものが崩れていくような感覚にのまれそうになるのに抗(あらが)いながら質問する。

「ううん、あたし、中退したんよ。理由はようわからんのやけど、うんざりしたんちゃうかなあ。地元の小学校では日本人に負けんと一番で卒業して、それから母さんを捨てるみたいに憧れの内地にきて、やけど、内地にきてもあたしは台湾人のまんま。日本語、どんなにうまく話したってむだやったんやってわかってしまったんよ。そのとき、たまたま心斎橋(しんさいばし)で会った役者にだまされてな、あとはねえさんも知っとる話と同じよ」

「春雨工場の林さんのあとを追って新竹に行ったたっていうのは？」

「――ごめん、それもちょっとだけ嘘やった。あのひとが春雨好きやったから考えた話。ほんまはあたしが生まれた金瓜石(きんかせき)って街の乾物屋の息子やねんけど、いまは台北の刑務所のなかやねん。台湾青年文学の雑誌つくったら、それが危険な独立思想なんやってさ……」

あたしは、上海の夜、兄が特高に捕まったと悲痛な顔をしていたミツエを思いだす。それから、先生のことも。思いに沈んでいくまえにミヨの声に引き戻される。

「幼い春枝をかかえてどうにもならんようになって、台北のカフェーで働いとるときに、客できとった特務機関の石井(いしい)ってやつに廈門で任務につけば林の釈放を早めてやるってもちかけられてな」

その話ですべてがつながった気がした。ミヨは、ヤンファが話していた勢力図からはもれていた植民地台湾の諜報員だ。

「どうしてあたしに話すの?」

そうきくとミヨは上目遣いであたしを見た。

「ねえさんだけは信用してるんよ。ねえさんも、あたしの同業者やろ。目的は反対やろうけど」

あたしがなにも答えずにいると、いつものいたずらっぽい表情を浮かべた。

「ほんまは、ねえさんのことも全部上に報告するつもりやってん。手紙書いてもろうたんも筆跡を把握するためやったんよ。でもな、林を監獄に入れた日帝とたたかっとるねえさんを密告したら夢見ようないし、だいたいあたしねえさんのことほんまに好きになってしもうたんよ。やから、ほんま小学校以来かってくらい知恵絞ったんよ、あたしもたすかって、ねえさんもひどい目にあわないようにするにはどうしたらええかって」

ミヨの説明は、あたしの想像をはるかにこえていた。あれだけ仲が悪そうにしていたのに、マチコもまた台湾から送り込まれた諜報員だったのだという。廈門での共産党の活動や共産主義者の情報を集めるのと同時に、ミヨの行動を監視して台北からの連絡員に伝えるのもマチコの仕事だった。あたしはまったく気づかなかったけれど、マチコに疑わしい人物として監視されていたらしい。

「もし、マチコが死なへんかったら、ねえさん、来週には逮捕されて廈門の警察に拷問されとったで」

さらりとミヨはいう。それは背筋が冷えるような感触だった。

「じゃあ一昨夜の事件は、ミヨがだれかを雇ったの？」

「ちゃうねん、マチコには悪かったんやけど、敵と取引したんよ。思明西路の情報屋に大金払って、廈門におる国民政府の諜報機関の活動員を教えてもろうたんよ」

それはだれ、とききながら、あたしは不安がわきあがってくるのをおさえられなかった。それがだれか知ってしまうのは、まちがいなく自分を危険にさらすことだ。ミヨはちょっと話しすぎたという顔をして、軽くごまかすように笑った。でも、そのおびえたような、いつものミヨには似つかわしくない遠慮がちな表情をついさっきあたしは海洋楼で見たことを思いだした。

——郭。よりにもよって、岸のいちばんの側近が国民政府のスパイだなんて。

「ほんま綱渡りやったんやで。マチコの情報を売って、やつらのために働くかわりにあたらしい身元と高雄（たかお）での仕事を用意してもらってな。ねえさんには、ちょっとお腹でもこわして何日か仕事休んでもろうて——」

「殺鼠剤入れたのあなただったの？　腹下しじゃすまないでしょ！」

あたしはつい声を荒らげていた。ミヨはそのときばかりは申しわけなさそうな顔をして、あれな、チューブの中身、強力な下剤やねん、といった。

郭との取引でミヨが受けた指令は単純なものだった。木曜日の晩に、朝日倶楽部で台湾から送り込まれた諜報員に目立つ服装をさせること。あと、その諜報員に協力している台湾の連絡員を教えること。鮮やかな深紅の旗袍に着替えたマチコは郭が雇った暗殺者に撃たれ、寺田は地下に潜った。

「マチコに目立つ格好してなんていうわけにいかへんし、あたしのこと寺田にきかれたら、台北に戻れなんて指令でてないってばれてまうし、ほんまぎりぎりやったんよ――マチコがあたしとねえさんのこときらっててたすかったわ」

ミヨのしたたかさに舌を巻く。今夜の会食は、疑り深い郭が、マチコと寺田との会食を目撃したというミヨの証言の裏をとるために準備させたらしい――ミヨの説明をききながら、郭の会食の目的は別にあったんだろうとあたしは薄々気づいていた。

――郭は、あたしと楊のつながりをはっきりさせるつもりだったのか。

郭がその目的を達したかどうかはわからなかったけれど、あたしは一刻も早く仕事を終えて街をでたほうがいいのは確かなようだ。

ああ、すっきりした、とミヨはおおきく背伸びした。おりかさなるように建てられたコロンス島の洋館の窓に灯るオレンジの光を海の向こうに見やって、ミヨは、春枝は元気かなあ、会いたいなあとつぶやいた。それから、ねえ、あたしのこと、忘れんでよ、とあたしの手を握る。

真っ暗な沖のほうから、艪をこぐような、ぎいぎいという音がきこえた。ほとんど音もなく、ボートが砂浜にすべりこんで止まった。目を凝らすと、艪を握っているひとりの男が見えた。ミヨはその男と閩南語で言葉をかわすと、あたしの顔を見て、いよいよお別れやね、と感慨深そうにいった。この小さなボートでコロンス島まで渡り、島の反対側に隠された密航用の漁船に乗り換えるのだという。

そのとき、強い風で雲が切れて、ずっと隠れていた月が姿をあらわした。月光でミヨの顔がよく見える。ミヨは潤んだ目であたしを見て、もう一度手を握った。小さい子どもみたいに、やわらかくてあたたかい手。

ミヨが片足をボートにかけると、男がミヨに手を伸ばす。月に照らされたその腕に龍の目が光ったように見えた。あたしは小さな叫び声をあげる。異変に気づいたのか男が懐に手をやった瞬間、あたしはミヨの手を思いっきり引いた。バランスをくずして、抱きつくようにミヨが倒れ込んできて、砂浜に尻餅をついた。

「なにするん!」

大きな声をあげるミヨを立ち上がらせたとき、パン、という乾いた破裂音が響いた。男の手には、小さな銃が握られている。ミヨが腰に手をあてて蒼白な顔をしていた。嘘、撃たれたの——。

あたしは手に握りしめていた砂粒を男の顔に投げつけ、ミヨの体を押すようにして、海岸を走りだしていた。

「ミヨ、走って！」

腰が痛むのか左手をあてて、それでも右手はすがりつくようにあたしの手を握って、ミヨは必死で走る。砂浜は月の光のほかはなにも明かりがなくて、ひとひとり歩いていない。海岸通りに上がる階段に足をかけたとき、また銃声が響いた。今度は、ミヨはうめき声をあげて、榕樹の陰に倒れるように座り込んだ。あたしの手を振り解くと苦しそうな表情を浮かべた。

「あたしが甘かったわ——ねえさんだけでも逃げて——」

手で必死に先に行ってと訴えるミヨを、あたしはしゃがみこんで抱きしめた。すぐに肩を強い力で摑まれて、ミヨから引き離される。男が強くあたしの体を何回も蹴り上げた。胃液が逆流するような感覚に反射的に体を丸める。あたしは、恐怖に目を閉じていたい思いに駆られながらも、なんとか目を開けてミヨのほうを見た。銃弾が胸に命中したのか、赤い染みが胸元に広がっていた。

そのとき、榕樹の気根の茂みの奥で、大きな猫の目が光ったように感じた。ヤンファ？　声を発するよりも早く風が走るような音がして、月の光に銀色の刃先が反射する。つぎの瞬間、男の頭が不自然な方向に折れ曲がって、そのまま砂浜に倒れ込んだ。あたしは声をあげることもできなかった。しなやかな獣のような動きだった。

またミヨのうめき声で現実に引き戻される。あたしは、必死でミヨの体から流れる血を止めようと手をあてる。ヤンファも山刀を砂浜につきたてると、手をのばしてミヨの傷を探る。胸にふれて、ああ、と悲しい声をあげた。それは、はじめてきく声だった。あたしは、怖くてなにもきけない。ただ、ミヨの体から生命がどんどん溢(あふ)れだしているように感じて震えている。やっと声がでた。

「早く病院に――」

ヤンファは唇をきつく嚙(か)んで、首を横にふる。うちらが一緒にいたほうがええ、と絞りだすようにいった。ミヨは意識が朦朧(もうろう)としてきたのか傷をおさえているヤンファの手を握った。手の甲に彫られた蛇に頰ずりするように、ミヨはヤンファにもたれかかる。ほとんど声にならない声がきこえた。

――母さん。

ミヨが微笑んだ気がした。小さい子どもが眠りに落ちるように、目を閉じて、それから、呼吸が浅くなっていき、気がつけばミヨの体から生命が抜けていた。あたしたちは、ミヨの体が潮風で冷たくなって、涙で濡れた頰が乾いても、そのまま血が流れるミヨの傷口にふれていた。まるで手をあてていれば、傷がいつか塞がるんじゃないかって信じているかのように。

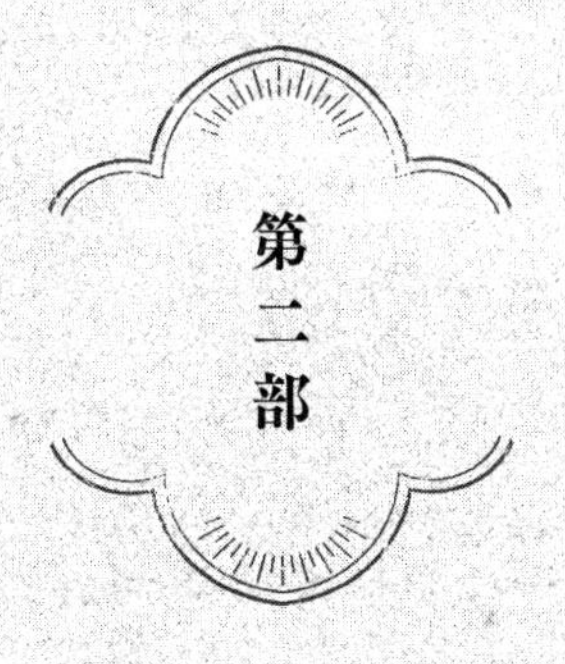

第二部

廈門、一九四一年十月二十六日

ほとんど眠れないうちに夜が明けた。あたしは、指先にかすかに残ったミヨの熱がどんどんさめて冷たくなっていくような、さみしさに深く深く沈みこむ。ヤンファと過ごすことをこんなに望んだのははじめてだった。ヤンファは、沖で男の死体を沈めて、ミヨはコロンスの知り合いに埋葬してもらうといって、ひとりボートを漕いで暗い海にきえた。ひとりでできるの、というと、ばかにせんといて、と返された。あたしは、はじめて身近で目撃する殺人という行為に、どこか感覚が麻痺している。そうでないとまともに歩くこともできない。

寝間着にしている雑巾のような浴衣を脱ぎすてて、鏡を見る。肩と腰に、昨夜蹴られたときのあざができていた。廓にいたころ、あたしは体を見たことがなかった。きっと傷だらけで醜いのだろうと、思い続けた。でも、ヤンファの指先にほんとうに愛を感じたとき、あたしは傷や歪み(ゆがみ)さえも、あたしの体なんだとはじめて思えた。ヤンファの指先が快感と一緒にあたしの体を掘り起こしていくみたいで、あたしもそれをなぞるように体にふれるようになった。それは、いやらしくもなんともなくて、ただ奪われたものを取り戻していく祈りのような、しずかな時間だった。

胸にふれてみる。それから二十五口径のおもちゃのような銃を鏡台から取りだして、銃口を腹にあててみる。指令を受けた日に楊にもらった銃。やわらかい肉と、鉄のかたまり。鉄の冷たさにぞっとする。あたしは、こんなまがまがしいものをヤンファに向けることなんてできやしない。

下の部屋で時鐘が動きだすギーッという重たい音と羽根が回転するしゅるしゅるという音がして、鐘の音が九回きこえた。急いであたしは、裾にスリットのはいった緑色の旗袍を着ると、この日のために用意しておいた銘仙の着物を風呂敷につつむ。朝日倶楽部をでるときに着物に着替えろというヤンファの指示だった。和装なんてここじゃ目立ってしまうわよ、まえにそういったら、ヤンファは、あたりまえやろ、それが目的やねん、と少しばかにするようにいった。銃撃のあとに、まちがってもあたしが疑われることのないように、というヤンファの工夫だった。

いつもと同じように洗面器の水で顔を洗い、化粧をする。数日まえにミヨにせかされながら化粧をしていたのがもう遠い夢のようだ。


午前九時半をすぎて外にでると、いつにもまして太陽がまぶしい。なんだってこんな日にも第八市場は賑わっているの。あたしはぶつけようのないいらだちをかかえたまま、いざというときの逃げ道を逆にたどりながら朝日倶楽部に向かう。ヤンファから教えられた道をほんとうはもっと入念に確認するつもりだったのだけど、昨夜のできごとのせいで心が体から離れていきそうだ。それでも、必死にヤンファの説明を思いだす——大漢路の近くで襲撃を果たしたら、ふたり別々に人混みに紛れてヤンファはコロンス島へ渡るフェリー乗り場に逃げる。非常線がはられるまえに船に乗れたら、共同租界ほど身を潜めるのにうってつけの場所はないだろう。もし映画館や朝日倶楽部、あるいは第八市場に近い場所での襲撃になった場合は、迷路のような裏路地を走り抜けて海岸通りの協力者の家に身を潜める。いずれにしてもあたしは部屋に戻って、楊からの連絡を待ち、逃走の具体的な指示を受ける。

考えていたらあっというまに朝日倶楽部についてしまった。昇降機はやっぱり動いていなくて、あたしは階段を上る。艦長の歓迎会をなるべく早く始めたい、という岸の意向をくんで、きょうは十一時には開店する。

「おはよう、きょうなんかいつもと違うやん。日本人形みたいですてきやわ」

まじまじとあたしの顔を見るモミヂに、あたしもおはよう、という。昨夜寝ていない血色の悪さをごまかすためにいつもより入念に化粧をしたのだった。

「そんな見つめないで。照れるわ」

この子と会えるのもきょうまでかもしれない。そう思うとミヨのことを思いだして、涙が落ちそうになった。あわてて上を向いて、モミヂの肩を軽く叩いた。

なんやの、そういいながら、モミヂは純白のテーブルクロスを広げる。あたしもせわしなく手を動かして、宴席の準備をする。廈門市長や議員たちもくるらしい。来賓の席順表を見ながらテーブルの上に名札をならべていく。

作業しながらも、あたしは手順をもう一度頭のなかで確認した。いつもどおりお酌やダンスの相手をしつつ岸の様子を観察し、護衛の数やお酒のまわり具合をヤンファからかかってくる電話に隠語で報告する。そして、重要なのは、宴会が終わったら岸の退出を知らせるために、外壁の電飾看板の電源を「誤って」押すこと。接客をしながらでも押せるように電源は入り口の側の電話機のすぐ横にあって、あたらしく入った女給なんかはたびたび入り口の照明と間違って押すことがある。ほんとうは夕方にならないとつけない看板だけれど、その電飾を確認して外にいるはずのヤンファが尾行の態勢を整える――。

高級そうな仕立ての黒いスーツを着た岸が十時五十分に店に入ってきた。ちょうど開店準備が終わって入り口にならんだあたしたちを見て、大きな声でいった。

「おはよう。きょうはお偉いさんたちがくるからくれぐれも粗相のないようにたのむよ！　なあにだからといってそんなに硬くなることはないさ。いつも通り愛嬌たっぷりにやってくれればいいんだ」

それからあたしのまえまできて、耳元で、今夜は暇か、とささやき肩にふれてきた。あたしは身が硬くなるのを感じながら、そうですねえ、とあいまいに答える。あたしには、判断できなかった。ヤンファが失敗したとき、あたしだけで岸に引導を渡すなんて可能性はあるのかしら。どうせ命がけだ、なるようになれ、と思う。

「いいですわ。コロンスのキングジョージホテルのバーで一杯おつきあいしましょうか。あたし、あのお店好きですの」

満足げに笑う岸のうしろで、先生、あちらに市長がおみえです、とききなれた声がした。岸の体の陰になっていて見えなかったけれど、郭があたしの顔を凝視（ぎょうし）していた。あたしは、ミヨの命を奪っていった郭をまえにして、気持ちを抑えるのに必死だった。なにかいわずにはいられなかった。

「あら、こんにちは。昨夜はたいへんごちそうになりました」

どういうことだ、という岸の視線を向けられてあきらかに動揺した表情を浮かべた郭を見て、あたしは少しだけ胸がすーっとするのを感じた。こいつが国民政府のスパイよっていま叫んだら、どうなるのだろう。郭は捕まって拷問を受けて、それを知っているあたしも疑われて、下手したら捕まって尋問されるだろう。楊やヤンファのたすけがなかったら、まったくうまく立ちまわれそうもない。

「いや、海洋楼で食事をしていたら、隣のテーブルにリリーさんがお連れさんと一緒におみえになったんで、おふたかたに一杯ごちそうしてさしあげた、それだけの話ですよ」

落ちつきはらったふりをして郭はそういうと、さあ、先生、きょうは忙しくなりますよ、と岸を席まで案内する。横目であたしを睨んだ。郭に警戒されてしまっただろうか。雇った暗殺者のひとりがすでに始末されてしまったということも、ミヨの死もたぶん郭は知らない。その情報が届くまでの時間だけが優位な点で、それをのぞいたらあたしはまったく無力だった。

レコードからタンゴが流れ、それぞれのテーブルにビールが行き渡ると、岸の挨拶で宴会が始まった。岸に続いて廈門市長の林、商工会の周（しゅう）と挨拶が続く。艦長の沖田はいちばん最後に挨拶をした。東亜の未来は、廈門市政府と日本の親交のなかにあるのだとかなんとかどうでもいい話だった。あたしは、華南新報の顔見知りにさそわれてタンゴを踊りながら、短調の重たい旋律に心が沈み込んでいきそうになるのを必死でこらえている。早く一日の終わりがくればいいのに。そうしたらあたしは、成功しても失敗しても、このはりつめた気分から解放される。

　岸が郭ともうひとりの側近を連れて朝日倶楽部をでたのは午後三時。旧友との再会がうれしかったのか、岸は上機嫌で、めずらしく酔いもまわっているようだった。なぜかはわからないけれど、ヤンファから電話はかかってこなかった。

　あたしは入り口の大きなガラスの扉を開けにいくふりをして、電飾看板の電源を押す。それから、見送りのために階段を下りて、ビルの入り口にモミヂと一緒に立った。階段を下りてきた岸はあたしの腰に手をまわして、じゃあ、六時に埠頭でな、と小声でいった。あたしはあいまいに返事を返す。

　岸たちを追いかけるように華南新報の社員ふたりが下りてきて、先生、うちでコーヒーでも飲んで行かれませんか、と声をかけた。華南新報のビルは、朝日倶楽部から通りをはさんでななめ向かいの思明西路と北路の交差点の北東角にある。ヤンファの調査で、岸がたびたびそこに立ち寄っては社長の山内（やまうち）と話し込むことがあるということはきいていた。

　あたしは郭が交差点のほうをしきりに見ていることに気づいていた。交差点近くにある銀行のまえには離れていても十分に目立つ大男が立っていて、通りの向かいにある映画館の大時計をながめている。あたしは、その男がヤンファからきいたもうひとりの暗殺者であるとすぐにわかった。映画の時間を気にしているそぶりを見せているけれど、映画館ではきょう到着したばかりの海軍の兵隊を歓迎するために、普通の映画ではなくて戦勝のプロパガンダニュースを流すことをあたしは楊からきいていた。

そのとき大漢路から早足で歩いてきた男が郭になにかを告げた。郭はまだ華南新報の社員と雑談している岸に、すみません、と声をかける。

「日本から電信が届いているようなので、私はちょっと社に戻って確認してまいります。華南新報社に向かわれるようでしたら、そちらで少しお待ちいただけますか。またお迎えにあがりますので」

岸は顔のまえで手を振って、いや、それにはおよばん、といった。

「華南新報からタイムズまでたった五分の距離だ。こんな人通りの多い日曜の昼間に危険もないだろう。編集部で待っていてくれ。小一時間で帰る」

郭は心配そうな顔をしていたけれど、岸が華南新報社のビルのなかにきえると、視線をまた銀行のまえの大男に向けて、それから早足で大漢路のほうへ歩きだした。あたしたちは、郭が大漢路の交差点を曲がって見えなくなるまでお辞儀をしていた。郭が身を隠したってことは、襲撃のときが近いってことかもしれない。あたしは、通りを歩くひとにもきこえてしまうんじゃないかってくらい心臓の音が大きく響くのを感じていた。

廈門、一九四一年十月二十六日、午後三時三十分

急いで着物に着替えて階段を下りると、太陽はいくぶんか西に傾いていた。思明西路は人通りもまばらだった。あたしは、まわりを見渡す。おそらくヤンファは、どこかから岸が入っていった華南新報社を監視しているはず。でも、あたしなんかが見つけられるはずないか——銀行のまえで、ちらりちらりと新報社の二階に視線を向ける大男を見ながら、あたしはそう思う。

お腹がぐうっとなって、朝からほとんどなにも食べていなかったことに気づいた。こんな命のやりとりの最中でもお腹が空(す)くなんて、なんだかおかしいわ。映画館のまえの屋台の蒸籠から湯気が上っているのが見えて、あたしは売り子に声をかけた。

「多少銭(ドウシャオチエン)?」

カーキの便衣服を着てベレー帽をかぶった少年は、三十(サンスー)、と南方なまりの北京語で答える。

ちょっと高いけどまあいいか。そう思って、小銭を渡して、湯気をあげるちまきを受け取る。我慢できなくて竹の皮を剝き、その場でほおばると口のなかに濃厚な鶏肉(とりにく)のうまみが広がった。五香粉(ごこうふん)の香ばしい香り。ああ、ミヨはこれが大好きだったなあ。気づいたらあたしは、また泣い

ている。あっというまに食べてしまって、再来一個（ツァイライイーゲ）、といって財布をのぞいて小銭を探す。

「ほんまよう食べるなあ」

きき慣れた声にあたしはびっくりして顔をあげた。髪を帽子のなかに隠して少年に変装したヤンファだった。驚いて二個目のちまきを落としそうになる。よく見るとヤンファの目のまわりが赤くなっていた。

「泣いてたの？」

「――ちまきうまいやろ。昨日、大急ぎで仕込んだんやで」

あたしの問いには答えないでヤンファはそういった。たしかにちまきはほんとうにおいしかった。ヤンファの話では岸が朝日倶楽部に入るまえには店をだして見張っていたという。昼に映画館からでてきた水兵たちに飛ぶように売れたので売り切れそうになって困った、とおどけるようにいった。あたしは、通りの向かい側に立つ大男がもうひとりの暗殺者だろうという推理を手短に伝える。

「朝からなんも食べんとずっとあそこに突っ立っとるんやで。たまにポケットさわっとるけど、あそこに入る獲物ならせいぜい三十二口径やろな。あんなんじゃ鳩くらいしか殺せんで」

あたしは部屋においてきた銃のことを思いだしてどきりとする。でも、あたしがその銃をヤンファに向けることはない。あたしの心はもう決まっていた。そこまでして楊のために働き続けたいとは思わない。

そのとき、銀行のまえの大男の視線が、華南新報社の入り口に向けられて、あたしたちは岸がでてきたことに気がついた。岸はあたしには気づかず、そのまま思明西路を海のほうに向かって歩きだした。ヤンファは屋台の下から野菜カゴを取りだすと、ちょっと市場にでも行くような様子で、さりげなく岸のあとを追う。あたしも事前の打ち合わせ通り、ヤンファのななめうしろを距離をとって歩きだす。口のなかに強い渇きを感じる。

岸は人通りの少ない思明西路から大中路に入った。大中路から大漢路にでて、そこから新東亜タイムズに戻るつもりだろう。ヤンファに視線を送る。人通りが少ないいましかない。ヤンファがうなずく。岸はほんとうに酔いがまわっているようで、警戒する様子もなく、大声で側近の男と話しながら歩いている。大男もヤンファのうしろを距離をおいて尾行している。ヤンファのことはまったく目に入っていないようだ。

そのとき、急に岸がふりむいた。あたしは隠れることもできないまま、あたしに気がついて立ち止まった岸のほうへ歩いていくほかなかった。側近の男は一瞬身構えたようだったけれど、あたしが岸の知り合いだと気がついたのか、いったん懐に入れた右手を外にだした。たぶん銃を持っているのだろう。

「リリーじゃないか。和装なんてめずらしいな」

「ええ、悪くないでしょう」

あたしはなにを答えていいのかわからないまま、そう返事をする。ちょうど岸を追い抜いていくヤンファを見ると野菜カゴのなかに右手をつっこんでなにかを探すような仕草をしている。そこに銃があるってことをあたしは知っている。心臓は早鐘のように打っているけれど、あたしが岸から離れないとヤンファが引き金を引くことができない。そう思って、では、また夕方にお目にかかりましょう、といって立ち去ろうとする。

岸は強引にあたしの右手を摑むと、今夜、帰ろうなんて思っちゃいないよな、と耳元でいった。側近は、岸に気を遣っているのか少し離れて煙草に火をつける。視界の端で大男がこっちに向かって駆け寄ってくるのが見えた。

いけない、離れなきゃ——。

「岸先生！」

銀行の二階の南国珈琲（コーヒー）店のテラス席からだれかが岸を呼ぶ声がした。岸はあたしの手を離すと視線を二階に向ける。

その一瞬だった。轟音（ごうおん）が鳴り響いて、岸が胸をおさえて、地面に膝をついた。あたしは反射的にその場に身を伏せる。走りこんできた大男は呆然とした表情を浮かべたまま、跪（ひざまず）いた岸に二発の銃弾を浴びせた。爆竹のようなぱんぱんという乾いた音が響く。ああ、さっきのはヤンファなんだ。側近の男が走り去っていく大男を指さしてなにか叫んだ。南国珈琲店から海軍の制服をきた男たちが駆け下りてくる。

だれかがあたしに、大丈夫か！　と大きな声でいった。

我に返って、ええ、大丈夫ですわ、それより岸さんが、といって視線を地面に横たわる岸に向ける。血だまりのなかで動かなくなった岸の姿は恐ろしかった。それに自分がかかわっているというのも恐ろしかった。

そうだ、ヤンファは？　あたしが顔をあげると、さっきまでいた場所にもうヤンファはいなくて、集まってきた群衆のうしろのほうで、たったいま到着したみたいな顔をしてこっちを見ていた。目があうと笑みを浮かべ、声をださずに口を動かして、そのまま群衆をかきわけて大漢路のほうへきえた。フェリー乗り場からコロンス島に渡るのだろう。

あたしも追いかけていきたかった。でも、ここまで岸の近くにいる以上、いまここを離れるのは自分が犯人のひとりだといっているようなものだ。すぐに憲兵隊がやってきて、あたしの顔を見て、きみ大丈夫か、と大きな声できいた。和装の女性は疑われないというヤンファの工夫に半信半疑で従ったけれど、その考えは正しかったみたいだ。あたしは、不安をやわらげようとひとりの水兵がかけてくれる言葉に耳を傾けながら、心ではまったく別のことを考えていた。

——さっき、ヤンファはさよならっていったの？

岸はすぐに病院に運ばれた。けれど、胸を二ヶ所と腹を一ヶ所撃たれていて、ほとんど即死だったらしい。事件の日から戒厳令が敷かれ、朝日倶楽部も営業を自粛することになった。犬を連れた憲兵が街にあふれ、街を歩くひとを片っ端から取り調べている。楊も警戒しているのか姿を見せていない。あたしはなんの指令も届かないので廈門を離れることができない。

廈門とコロンス島を結ぶフェリーは数日で営業を再開したと隣のホアンおばあさんにきいたけ

れど、日本の憲兵や郭のことが気になって、あたしは部屋に籠っていた。岸のいちばん近くにいた目撃者ということで何回か警察にも呼ばれた。だけど、上の南国珈琲店で様子を見ていた水兵がその場の様子を証言してくれたこともあって、きびしい尋問にあうこともなかった。大男が無事に逃げ切れたのか、ヤンファがどうしているのか、報道統制が敷かれているのだろう、新聞では一切わからなかった。

一週間が過ぎて、戒厳令下でひっそりと営業を再開した朝日倶楽部は岸の暗殺の話でもちきりだった。あたしは、その話題のなかにいるのもつらかったので、仕事が終わると真っ先に店をでて、海岸通りの入り組んだ路地の奥にたたずむ夏翔(かしょう)珈琲店の壁際の席でコーヒーを飲むのが日課になった。こんなのんびりとしたことでいいんだろうか、と毎日のように思い、それでもひとまず危機は去ったのかと胸を撫(な)でおろしたり、落ちつかない日々だ。

いつもの席につくと、木の椅子が冷たく感じられて、ああ、亜熱帯の冬がきたんだと思う。暗殺の日の照りつける太陽が嘘のように、十一月に入ると廈門には木枯らしのような風が吹いた。とても暑い夏と普通の夏しか季節がない、と冗談めかしていわれる廈門だけれども、実際には十二月下旬から二月は真冬だ。

「すっかり寒くなりましたね」

すぐうしろの席からきき慣れた低い声がした。その楊の声に一瞬、安堵にも近い気持ちを覚えた。あれだけ自由を求めていたのに、指令がまったくなくなるとどうしていいかわからなくて不安だったのだ。

「ふりむかないできいてください。そんなに緊張しないで大丈夫です。きょうは最後のお別れをいいにきました。わたしはこれから地下に潜るので、もう会うことはないでしょう」

最後？　小声できき返す。店にはあたしたちのほかには客がいないから声を落とす必要もないのだけど。

「わたしが長年指示を送っていた日本人のNは、国民政府の諜報員の密告により朝日倶楽部で射殺された、と本部には報告しました」

あたしがなにも答えられずにいるといらだったような調子で、楊はいった。

「つまりね、どの名前でお呼びすればいいかわかりませんが、上海から諜報活動に従事してきた日本人女性のNは、もうこの世界からいなくなったということです。わたしのほかにあなたと直接接点を持っている幹部もいません。だから、あなたはもう自由なんです。荷物をまとめて出発できるようにしておいてください。近いうちにだれか使いを送って、身元のはっきりした身分証とささやかですが慰労金をお届けします」

「なんでそんなことを……？」

「さあ、贖罪意識でしょうか。日本人なら、こういう感情をどう表現するのでしょう――わたしは、あなたが先生と呼ぶ三善先生の台湾医療専門学校時代の教え子ですよ。わたしは、三善先生から託された女性を、任務のためとはいえ、人殺しに加担させてしまった」

あたしは、飲んでいたコーヒーカップをうっかり落としそうになった。先生が台湾にいたことも、楊がその教え子だったことも衝撃だったが、それ以上にはじめてふれる楊の人間らしい感情にすっかり戸惑っていた。先生の思い出が蘇ってきたのか、楊は、いつになく感傷的な様子で続ける。

「先生は、ほんとうに立派なかたでした。五四運動、といってもあなたはわからないと思いますが、二十世紀一〇年代後半に反植民地主義の文化運動に没頭していたわたしは放校処分になりそうになったんですが、そのとき三善先生がたすけてくれたんです。あなたは志も能力もあるからしっかり卒業して貧しいひとを救う医者になってください、と。結局、医者にはなりませんでしたが、病原菌のように広がる植民地主義の暴力とたたかう仕事についたわけです――すみません、話しすぎましたね」

あたしは、あたしのことよりもヤンファのことが気になっていた。

「ヤンファはどうなるの」

楊は、どうなるといいですか、といつもの意地の悪い口調になって問い返してきた。でも、すぐにそれを打ちけすように、大丈夫ですよ、わたしはヤンファの隠れ家を知らないし、もともとヤンファとはこの仕事だけという契約でしたから成功すればそれまでです、といった。あたしは安堵のため息をつく。これで自由なんだ――。

ありがとう。

小さく、そうつぶやいた。答えが返ってこなくて、あたしはふりむく。

そこには、もうだれもいなかった。ただ、空になったコーヒーカップだけが残っている。そのとき、市場に買いだしに行っていた店のオーナーが戻ってきて、あたしのコーヒーが残っているのを見ると、我送礼物（ウォソンリーウー）、といって、焼きたてのエッグタルトをソーサーの端においてくれた。

「多謝！」

礼をいって、いかにもおいしそうなタルトをかじる。やわらかく甘いプディングのようなタルトを食べながら、あたしは、楊のどこか冷めたような、さみしそうですらある茶色の目を思いだす。ひとをひととも思わないような傲慢さと一緒に、どこか簡単に崩れてしまいそうなもろさを感じさせる。

――いったいあなたはどういうひとだったのかしら。

その晩、荷物をまとめた。きたときと同じように、小さなトランクにタオルと数枚の着替えを入れて、鍋や火鉢といった生活用品はホアンおばあさんと下の階の住人にあげることにした。それでも、楊のいっていた使いはなかなかこなかった。

徹底した戒厳令の下で、三十名近くの被疑者が逮捕されたと、朝日倶楽部で華南新報の駐在員が話しているのをきいた。それはこっぴどく絞られてるそうですよ、いやあ、中国人なんて何人死んでもいいからこの街の治安をしっかりさせてほしいですねえ、そういっていた記者のカクテルにいつもの数倍のウォッカを混ぜたら、その記者はひどく酔っ払って同僚にかつがれてなんとか店をでていった。おまえこそ死んでしまえ。あたしはさいきん感情の起伏をうまく抑えられない。もう諜報活動をする必要はなかったのだけれど、あたしたちがおこなった暗殺が無関係なひとたちを巻き込んでいくことに耐えられない気分で、せめて事実だけは直視しようと思い、さまざまな噂話に耳を傾けた。郭は事件以来店に一度も顔を見せていない。噂では岸の事件の廈門市政府側の捜査担当者に協力して、疑わしい人物を積極的に告発しているらしい。楊は大丈夫なのだろうか。

すべてが醜く歪(いびつ)に感じられる。部屋のなかで息をひそめているあたしのことも。

廈門、一九四一年十一月二十七日

凍える風の吹く夕方、朝日倶楽部から帰ると、扉のまえにだれかがうずくまっていた。まだ戒厳令下なのでお店は午後六時には閉まるのだけど、第八市場につくころにはあたりは暗くなっていて、あたしは一瞬、郭のことを考えて警戒する。

「ひさしぶりね、キヨカ。ここじゃあ、リリーのほうがいいのかしら」

その声をきいた瞬間、上海の蒸し暑い夜と、フランスの香水のにおいをはっきりと思いだした。ミツエだった。あたしがなにもいえずにいると、甘えるような調子で、ここ寒いし、入れてくれないかしら、といった。

胸の鼓動の高まりを感じながら扉を開ける。もうトランクのほかはなにもない部屋のなかで、ミツエはベッドの縁に腰掛ける。おしゃれな黒いクローシェ帽をかぶって、薄紫の旗袍の上に黒いコートを羽織っている。体が冷えたのか毛布を引っぱると膝にかけた。

「楊にいわれてきたのよ」

あたしは、その瞬間にすべてを理解した。蝴蝶ダンスホールであたしが大好きだったミツエ。

かの女もまた組織の人間なんだ。朔太郎の詩集や、お兄さんの話、ミツエがかけてくれた言葉や優しさが急に嘘のように感じられて、気づいたらあたしは大きな声でミツエに食ってかかっていた。

「あなたはいったいだれなの！　全部嘘だったの？」

ミツエはばつが悪そうな表情を浮かべる。

「全部じゃないわ。わたしは朝鮮人で、兄さんはまだ監獄のなかよ。女優になりたいと思ってたのもほんと。でも、あなたが日本での経歴について口をすべらせないか見張っていろと楊に命じられていたのはたしかね」

「ひどいひと……あたし、あなたのこと好きだったのよ」

あたしは手に持っていた鞄（かばん）をミツエに投げつける。なんで、自分がこんなに感情的になっているのかわからなかった。あたらしい人生が始まったと感じていた上海の日々もまた楊の手の平の上だという事実をつきつけられ、少しまえに感じた感謝の気持ちはどこかに行ってしまって、とにかく無性に腹が立った。

ミツエは床に落ちた鞄を拾うとベッドにおいて、立ち上がる。

「ねえ、そんなに怒らないでよ。わたしもキヨカのこと気に入ってるのよ」

さっと手を伸ばしてあたしの手を取ると、有無をいわせないような速さで一気に抱き寄せた。あたしは、押しのけようとしたけれど、ミツエは手を離さない。

「あたしのこと殺しにきたの？」

意地の悪い笑みを浮かべるとミツエは、あたしの耳元でささやいた。

「なんでそんなことするの？　わたしは楊の遺言どおりにやってきたの」

——楊が死んだってこと？

あたしはなにからきいたらいいかわからなかった。

「つぎつぎに被疑者が逮捕されて拷問を受けてるのは知ってるでしょ。もう二十人以上が獄死してる。三日まえにね、潜伏先の華僑の家で楊が逮捕されたの。捕まる前夜に会ったとき、楊はこういったわ、できるだけ早くリリーさんにこの身分証とお金を渡して台湾行きの船に乗せて欲しいって。昨夜遅くに処刑されたって情報が入ったから、急いでここにきたの。いつまでこの部屋が安全なのかわからないのよ」

あたしはもうなにもききたくなかった。ヤンファと名も知らない大男が岸を撃ったことでいったい何人が犠牲になるのだろう。楊まで殺されてしまうなんて。岸ひとりの命にそれに見合う重みがあるとでもいうんだろうか。

「いったい、あたしのやったことになんの意味があったの」

思わずそういった。感傷的なあたしの問いかけに答えるミツエの声は冷たかった。

「そうね、岸がいなくなったことで、日本は中国南部の重要な諜報活動の拠点を失った。あなたは密告や拷問で命を失ったかもしれない何百、何千という共産主義者や、中国の兵士たち、アジアの人民のために意味のあることをした。そう思ってもいいんじゃない？」

そういわれても、まったく実感がわかなかった。

――あたし、もう疲れたわ。

ぽつりとそう漏らして、視線をあげるとミツエは目に怒りの光をたたえていた。

「じゃあ、逆にあなたにきくわね。あなたの国の起こした戦争でいったいどれだけのひとが意味もなく殺されていくの。疲れてもいいけど、わたしの国や名前を奪っていって、兄さんを監獄に閉じ込めてるのは、あなたの国の友人たちや家族、そしてあなたなのよ。この戦争で生まれた憎しみ、差別はきっと何十年も続くわ。日本は遅かれ早かれ負けるだろうけど、それで解放されるなんて思うほどわたしは楽観的じゃない。下手したらわたしの人生はずっとたたかいになるの」

あたしはなにもいい返すことができない。でも、あたしには友人も家族ももういない。廓のなかには、だれもたすけにはこなかったから、あたしは自分ででてきた。あたしもやっぱり国にすてられた――そう思うと、なんだかミツエといい争っていることが無性に悔しかった。感傷的でごめん、となんとか答えると、一筋だけ涙が落ちた。

ミツエはあたしの目を見ると、ふっと肩の力を抜いた。

「わたしもわかってるのよ。こうやって感情をぶつけてもわたしの人生は少しだって軽くならないって。だれかを憎まなきゃやってられないって思うけど、それをよりにもよってあなたにぶつけるなんて――わたしも、上海であなたにずいぶん救われたのよ、いまさら信じてもらえないかもしれないけどね」

そういってミツエは立ち上がる。東の小窓からは赤く光る火星が見えて、ちょっとまえにヤンファと過ごした晩を思いだす。もう遠い昔のようだ。

じゃあ元気でね、といって部屋からでていこうとするミツエの手を思わず摑んでいた。あたしは子どもみたいに、こんな気持ちのまま別れるのはいやとしゃくりあげた。

――わたしもよ。

そう耳元でささやくとミツエは、あたしの濡れた頰に口づけした。あたしは、怒りや悲しみといった気持ちの昂まりが、体の熱におき換わっていくような感触に小さく震えて、ミツエの赤い唇に口づけした。頭がとけそうだ――そんな感覚のなかで、あたしは廓にきていた男たちのことを一瞬考える。さみしさや絶望感、不安をごまかすように、肌を重ねる。

第八市場の露天が開いていく喧騒で目を覚ますと、もうミツエはいなくなっていた。机の上にはあたらしい身分証明書と乗船券、それと札束が詰め込まれた大きな封筒が無造作におかれていた。手紙もなにもなかった。あたしは、これが最後なんだってわかっている。

顔を洗うと、やっとはっきりしてきた意識のなかで、夜中にミツエがぽつりとひとりごとのようにいった言葉が、重たく恐ろしく体に響くのを感じる。

――楊も運が悪いわ。みんな死んでしまって、あなただけがたすかったのね。

じゃあ、ヤンファは？

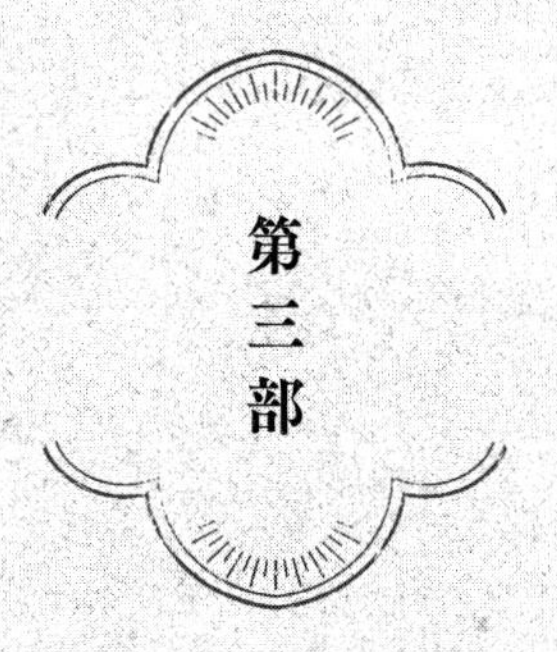

第三部

虹の橋の下の集落、一九一四年

だれにもいったことがないけれど、少女には生まれ落ちたその瞬間から記憶があった。のぞきこむ女たちの顔、口のまわりに彫られた文様（もんよう）とその漆黒が、深い穴のようにも、光と闇をつなぐトンネルのようにも見えた。つぎの瞬間、じぶんの声であると思いもしない、雷鳴のような泣き声が小さな小屋を満たす。ああ、この子はまちがって女に生まれたんだよ、なんて大きな声、見て、笑うと虹が立ったようだよ、口々に女たちはいうが、もちろん少女にはわからない。

虹、虹の橋、雨粒。音のリズムが口から口へとつながれて、意味を運ぶものだということにしばらくすると気がついた。少女のお気に入りは、雨が上がったあとに空にのぼるようにかかる青や赤、鮮やかな光の帯を示す、虹という音。虹、虹、わたしは虹から生まれた。そう言葉にならない言葉でいって少女が渓谷の向こうの空を指さすと、うれしそうに女は笑った。女は少女が、母さんという言葉を覚えるまえに、流行病（はやりやまい）であっけなく死んだ。ジプンと呼ばれる人びとの一群が、森を切り開いて街から集落までの道をつくって運んできたのは、これまで街に行かなければ手に入らなかった酒や米、教育、そして悪い咳と折り重なるように連なる死そのものだった。

そんな集落にとっては暗く苦しい時代の始まりにあっても、少女は健やかに成長した。歌うように話すことを覚え、いつも歌をくちずさんでいたから、生まれたときの名前とは別にホイピッピとも呼ばれた。ホイピッピは冬になると山の木々の枝から枝を軽やかに飛び移ってはさえずる黄金色の風切り羽が美しい小さな鳥の名前で、少女はその名前の響きも自分の名前と同じくらい好きだった。

口琴（こうきん）のびーんという風が渦巻くような響き、首を切られていままさに息絶える瞬間の山羊のかぼそい吐息、皿の上の料理にむらがる蠅（はえ）の羽音、夜になると、いっそう騒がしくなる森の生きものの呼吸、鳴き声。ああなんて騒々しい生きものたちの音でこの集落は満たされているのだろう。そして、声。マンゴーの花が咲いたらまたひとつ歳が増えるのよ、そう歌うような声で話す祖母のことも少女は好きだった。祖母はいつもその集落の祖先由来の物語をきかせてくれた。物語は子守唄のように、毎晩少女が夜の暗闇に敗北して目を閉じるまで続けられた。


朝、目を覚ますと、まだ薄暗い森に駆けだす。素足で湿ったやわらかいシダを踏みつけて、朝露の光る森にしゃがみこんで放尿する。生きもののにおい、水蒸気、わたしも森だ――。祖母が止めるのもきかず、少女は森の奥へ奥へと入り込んで生きものの気配をたどる。

森のなかで少女は、だれよりも速く走った。頭目の息子のワリスよりも、兄たちよりも、顔に文様のある精悍（せいかん）な男たちよりも。かつてその集落では、男たちは敵の首を討ち取ったときに、女たちはひとりで機が織れるようになったときに、顔に刺青を入れた。それでも、ジプンたちがやってきてからは、敵の首を取ることも、刺青を入れることも禁じられた。少女は、機を織るのはまっぴらごめんだった。それよりも早く山刀で敵の首を取りたかった。だれが敵なのかはっきりしなかったけれど。

「ホイピッピ、ちょっと待てよ。ひとりでそんなに進むと迷子になるぞ」

兄たちやワリスがそんな弱々しい声をあげても少女は気にせず、木々のあいだをぬって走り、渓流を駆け渡り、背よりも高い岩に飛び乗った。

——わたしは、だれよりも速い。

森の声がきこえるから迷うことはない。

少女がマンゴーの花が咲くときを数え始めてから六回数えた年の夏、低い山には金針花が咲き乱れ、森の鳥たちはたえまなく美しい歌をくちずさんでいたけれど、集落を包む雰囲気は重苦しいものだった。流行病は、集落の精神を体中の皺一本一本に刻みつけた老人たちの命をつぎつぎに奪っていった。ジプンたちがかれらの言葉の教育所を集落に開いてからは、子どもたちまでその言葉を競って学ぶようになっていた。森が削られて狩場が少なくなった男たちは、材木を運ぶことで日銭を稼いでいたけれど、それは森を駆けまわり自らの手で鹿やイノシシの命を屠った祖先たちの誇り高き生からは、限りなく遠い落ちぶれた生だった。酒が深まると、だれともなく、ジプンたちを追いだせという声をあげた。それでも朝になると酒で重たい頭を揺すりながら、運びたくもない材木を担ぎにでかけるのだった。

　そんな大人たちの様子を横目に、少女は家からこっそり持ちだした山刀を片手に集落の男の子たちと毎日のように森に入っては、狩りの真似事をしていた。少女は木の枝をはらい、器用に削っては蔓（つる）をはって弓までつくった。

「オピル、そんな動きじゃ沢の蛙（かえる）だって捕れやしない」

　三人兄弟の末っ子のオピルは教育所での成績は抜群だったけれど、森に入ると大きな体が木々に邪魔されていつも遅れていた。気持ちが優しくて生きものを獲物と見ることができないのか、ときには身を潜める男の子たちのうしろでわざと大きな音を立てて、雉（きじ）や野うさぎを逃がしては叱られていた。意地の悪いワリスや、一つ上の兄のナウィウィからばかにされるオピルを見るたびに、少女は、なんだかいたたまれなかった。オピルが女でわたしが男だったらよかったのに。

　少女は、もうあまり時間がないと感じる。自由に森を歩きまわれるのも、子どもだって思われているうちだけだ。少女よりも早く生まれたコルルやカティみたいに、血を流して大人の女の仲間入りをしたら、部屋のなかで機を織り、子どもの世話をするのだ。だから、足の遅いオピルには悪いと感じるけれど、少女はみんなを置き去りにして森の奥に奥に分け入っていく。鹿の通り道を数日まえに見つけてから、少女はだれよりも早くその鹿を仕留めたかった。うしろでワリスの声がする。

「シーレックの声がよくない。きょうは戻れ！」

　森を飛びまわるその小鳥の声をきいて、集落のひとはその日の吉凶を判断する。少女ははなからそんなことは信じていなかったから、ワリスの声を無視して、先へ先へ進む。それでも、今朝、祖母がいっていた夢の話は少しだけ気になっていた。数ヶ月まえに流行病から回復したあともよく咳き込んでいた祖母は、今朝もはげしい咳と一緒に目を覚まして、しばらく苦しそうに呼吸をしていた。少女の髪をとかしながら、祖母は、虹の橋の向こうから少女の母さんが話しかけてくる夢を見た、といった。だから、わたしが橋を渡る日も遠くはないんだろうねえ。少女は首を大きく横に振って否定したけれど、母と呼ぶことのなかったあの女のひとに続いて、祖母までいなくなってしまうのは想像するのも耐え難かった。

「どうしてみんな先に行くんだ。わたしはこんなに足が速いのに」

だれにともなくつぶやくと、冷たい水滴が頬をすべっていくのを感じた。少女は、祖母の夢を否定しながらも、その夢を解釈する祖母の言葉がまちがっていないと直感的にわかっていた。別れのときは近い、それならなにができるんだろう。これまでわたしが奪ってきた命、小さな虫たちから始まって、蛙、トカゲ、雉、子山羊——みんな、自分の命がきえる瞬間をあらかじめ感じていたんだろうか。

そのとき、視界が一気に開けた。鹿の道をたどっていたはずがいつのまにか尾根にでていた。もうワリスの足音もオピルの荒い息もなにもきこえなくて、ただ風が吹き抜けていくぴゅうぴゅうというさみしい音と、ときおり甲高い声で鳴く、山鳥の鳴き声だけが響いた。眼前には、青々とした森が広がっていて、それが終わるところは、黄金色の金針花が稲穂のように揺れて、高原を埋め尽くしていた。もう夏も終わりなのに、今年はいつまで咲き続けるんだろう。

その晩、男たちは見るからに昂っていた。山刀を片手に昔ながらの踊りを踊る男もいれば、出陣の歌を歌い、雄たけびをあげる男もいる。少女も、小屋のまわりからきこえてくるさまざまな音をききながら、体が熱くなるのを感じたけれど、これからなにが起こるのか見続けるには、昼間森を歩きすぎていた。不安そうな表情を浮かべる祖母の横で、眠りについた。そこからの記憶は、水面を流れていく落ち葉のように、輝いたり沈んだりを繰り返す。

まず、最初に飛び込んできたのは、悲痛な声をあげる祖母の悲しげな表情と、手を真っ赤に染めた兄のブーナの震える横顔だった。兄の足元には街に下りたときに見たことのある大きな果物のようなものが転がっている。

ジプン！　集落にもきたことのある帽子をかぶった男の、もう息をしていない頭だった。まえにこの男は、少女の腕を摑んでなめるように見ると、わからない言葉で話しかけてきたのだった。そのときは、オピルがなにかいって男は手を離したんだったたっけ——。見開かれた目が自分のことを見ているような気がして少女は小さな叫び声をあげて、家から駆けだした。外ではたくさんの男たちが血に濡れた山刀や生首を手に、ぐるぐると舞っていた。

若い女たちは不安げな表情を浮かべながらも、凱旋(がいせん)の歌を唱和し、刺青の技術を持つ老人たちは、しまいこんだ道具を取りだして埃をはらった。ジプンの首を取った、ブーナやダワイ、ナウィウィが顔に刺青を入れるのだ。それは、ジプンたちに禁止された自分たちの祖先由来の習慣を奪い返すのと同時に、引き返せない戦いの始まりでもあった。

戦勝を祝う晩が過ぎて、数日のあいだ、集落は嘘のようなしずけさに包まれていた。男たちは祭りのためにつぶしてしまった山羊をあらたに捕まえるために森に入っていき、もっと現実的な女たちは、森の奥の洞窟に居を移すために、子どもたちも使って衣類や調理道具、米やナッツ類の保存食を少しずつ運び始めた。

ジプンたちがわずか十数名の死者のために、この地を去ることは考えがたく、今度くるときは自分たちがまだ若かったころと同じように、大きな旗を掲げて、大砲をもって大軍で押し寄せるにちがいないと老人たちは噂していた。だれもつぎになにが起こるかわからなかった。

「モーナが敵についた！」

隣の集落まで情報を集めにいっていたシダウが青い顔をして帰ってきた。太陽(シダウ)と名づけられた青年は、やっぱりこのままジプンの首を取ってきた戦士のひとりで、ふだんは威勢のいい大きな雷のような声で笑うのに、その知らせを告げる声は、震えていた。

「モーナってだれ？」

家に帰って祖母にきくと、祖母は大きなため息をついて、少女の髪をすいた。

「昔の英雄さ。ジプン相手に一歩も退(ひ)かなかった」

それがどうしてジプンと戦うわたしたちを攻めるのだろう。なにをきいても祖母はため息をつくだけで、なにも答えてはくれなかった。英雄モーナが敵になったという一報が、どこか勝利の高揚に浮かれていた集落の熱を一気に冷ましていった。どうしてジプンを追いだすはずが、虐(しいた)げられているもの同士で戦わなければいけないのだろう。

——でも、モーナがわたしたちを殺しにくるなら、わたしも戦うしかない。

少女の決意を知ってか知らずか、その日から祖母は、夜になると少女を集落から少し離れた洞窟に連れていき、そこにいる女たちと眠るようにいった。最初のうちはこっそり洞窟を抜けだして祖母の隣で眠るということを繰り返していたが、祖母が泣いて懇願するのでしぶしぶ洞窟で眠るようになった。湿り気を帯びた空気と、不安に震える女たちのささやきで息が詰まりそうだった。


風が切り裂かれるようなするどい音が立て続けに響いた。だれかが矢を放った音だ。少女は真っ暗闇の洞窟のなかで飛び起きて、反射的に外に飛びだした。新月の晩だっていうのに、集落のほうの空は明るく光っていて、それが炎だと気づいた瞬間、少女は女たちが止めるのもきかずに、山刀を握りしめて森のなかを駆けだしていた。

集落に近づくほど、木が燃えるにおいが強くなった。叫び声、矢が放たれる音、銃声に足がすくむ。それでも、集落の外れの少女の家が燃えているのを見たとき、山刀を手に、あたりを徘徊(はいかい)する見知らぬ男たちや、みんな同じ服を着て銃を提げたジプンたちのことも忘れて少女は風のように走って、炎のなかに飛び込んだ。

一瞬で胸のなかの空気が焦げつきそうな熱のなかで見た光景を、少女はそれから二度と忘れることがなかった。祖母は土間の血だまりのなかで息絶え、その体にもたれかかるようにワリスが倒れていた。右手に山刀を握ったまま、腹は切り裂かれ、蛇のように内臓が血のなかをのたうっている。憎まれ口をきくときと同じようにひんまがった唇はだらしなく開いていて、もうワリスの魂がここにはいないことを告げていた。

熱さに耐えきれなくなって少女が家から飛びだすと、風を切る音がして矢がすぐ眼前の地面に突き刺さった。狩りのときのように、全身の毛を逆立てるようにして、射手の気配をさぐり、つぎの瞬間、少女は暗闇に向かって走る。草むらに飛び込んで山刀を一閃(いっせん)すると手応えがあって、大人の男のうめき声がきこえた。その声にかまうことなく、影から影を踏むように少女は走る。目に飛び込んでくる光景は、もうすべて遅かったのだと告げていた。首のない体が泥人形のように、集落のいたるところに横たわり、すべての家は赤々と燃えていた。

――ああ、あれはシダウの体だ。

ブーナ兄さんは刺青を入れたばかりの顔を泥のなかに突っ込んで息絶えていて、かわいそうなオピルは腹から血を流して倒れている。わたしはこんなに足が速いのに、みんなの死に追いつくことができなかった。少女は、暗闇のなかで息を潜めながら、炎に照らされる男たちの顔を記憶に刻んだ。

血まみれの首を足元において、戦士たちに大きな声で指示を出している巨人がモーナだろう。そのモーナの隣には、ジプンのなかでもひときわ背の高い男がいる。額に三日月のような傷がある。右手の銃で、うめき声をあげている集落の男たちをつぎつぎと撃った。

少女は漆黒の森のなかに駆けだした。一刻も早く逃げなければ、死が少女に追いついてしまう。

だれよりもだれよりも速く走る。

いったいどれだけの道のりを走ってきたのか、少女にはもうわからなかった。

暖かい湿った風が吹いてくるほうに向かって走り続けた。まだ山刀を振るう力のあるうちは、草の蔓を切って汁を吸い、木の皮をはいで名も知らぬ虫の幼虫を食べた。やがて、山刀が重たくなると、少女は潔くそれを投げすてて、あとは沢蟹やトカゲを捕まえては腹の足しにした。草の葉や小枝、川の石で足の裏は傷だらけで、歩くたびに刺すような痛みが体をつらぬいた。ひとの気配を感じると木に登って通り過ぎるのを待った。ときにはそのまま寝込んでしまう。梟の鳴き声で目を覚ますと、また木から下りて月明かりをたよりに走った。

もうこれで最後。そう思って峠をこえると、はるか下のほうに朝日に照らされた家々が見えた。その向こうには真っ青な水面がしずかに広がっている。森のなかでは、こんなにはてしない水が広がっている景色を見たことはない。少女の集落よりもずっとたくさんの屋根が朝日で茜色に染まっている。山の斜面に開かれたような街には、へばりつくように家や大きな建物が立ちならび、山肌をそぎ落としてつくられた道が街を蛇のように取り巻いていた。所々、店が開き始めているのか、軒先から白い煙が立ち上っている。足を引きずりながら、その煙を目指して歩く。どこに行けば救いがあるのか、もうまったくわからなかったけれど、森ではこれ以上生きられないことだけはわかっていた。

――わたしは、森で生まれたのに。

蒸籠が湯気をあげる食堂のまえで少女は歩けなくなって座り込んだ。蒸籠のちまきに手を伸ばすと、中年の男が軒先にでてきて、犬でも追いはらうように箒で少女の腰を叩いた。みにくく歪んだ口から発せられたのがののしり言葉であることはわかったけれど、それは少女が知らない言葉だった。

叩かれても少女は、動くことができないほど弱りきっていた。そのうち、近所の子どもたちが目に意地の悪い光をたたえて集まってきた。さっきの男と同じ言葉で少女をののしった。少女がなにも答えないでいると、ひとりの大柄な少年が軒先の箒を拾い上げて少女を叩く。それがきっかけで、まわりの子どもたちも小石を拾っては少女に投げはじめた。

少女は最後の力を振り絞って立ち上がると、箒を持っていた少年の股間を思いっきり蹴とばした。大きな叫び声。子どもたちが一瞬ひるんだ隙を狙って少女は、路地裏に駆け込んだ。足は鉛のようだったけれど、少年たちは追いつけない。

よろける足で低い塀を乗り越えると、開いていた納屋の干し草のうえに倒れ込んだ。なにも食べることができないのなら、やわらかい草のうえで眠りこんでしまいたかった。干し草を頭までかぶって、何回かくしゃみをすると少女は目を閉じる。眠りは一瞬で訪れた。

目を開いたとき、日は暮れかかっていて、あたりは赤い光に包まれていた。お腹のなるきゅうという音が響いた。

——わたしはまだ虹の橋の向こうには行けないみたいだ。

納屋のなかが真っ暗になっても、少女はもうどこにも行きたくなかった。お腹が空いているのに、また目を閉じれば眠りがすぐに訪れそうだ。

そのとき、暗闇のなかから光の蛇がすっと自分のほうに這ってくるように見えた。すがりつくように、少女は蛇を捕まえる。細くて華奢な指、それでも裁縫でかたくなった手だった。暗闇から引きだされるように外にでると、家々の窓から漏れる灯りがまぶしかった。石を投げてきた街の子どもたちはもうどこかに行ってしまったようだった。光の蛇は、手に刻まれた文様だった。集落のおばあさんたちが顔にしていたものに似ているけれど、それよりも細かくて、手が動くたびにひらひらとうごめいて、生きている蛇みたいだった。

少女は集落の言葉で話しかける。わたしは、遠くからきた。しかし、蛇のおばさんにはわからないみたいだ。今度は、おばさんが、なにか声を発した。集落の言葉に似ている気がするけれどやっぱりわからない。優しい声だ。つぎにおばさんは、街の子どもたちと同じ言葉で話しかけてきた。そういえば、集落に酒や米を売りにきた、リンとか、ホアンとか呼ばれる商人たちも似たような言葉を話していた気がする。——みんなは生きているんだろうか。少女は、こんなことなら、ワリスをばかにしないで言葉を習っておけばよかった、と思う。その瞬間、羊のように引き裂かれたワリスの腹と、泉のようにわいてくる赤い血のにおいを思いだして、嗚咽する。ワリス、わたし、ひとりぼっちになっちゃった——迷子だ。

ああ、そうだ、集落にあたらしくできた教育所で、ジプンたちが教えていた言葉がある。兄たちによって真っ先に燃やされた教育所、黒い板に書かれた見たこともない模様。ひとつの音、ふたつの音、リズム、オピルたちが繰り返す。からかうように、少女もへたくそな兄さんたちの発音を口真似して叱られる。虹の橋の向こうにいってしまった兄さんたちの記憶を手繰り寄せてみる。

「わたし、は――」

蛇のおばさんの目に、はじめて理解の光が宿ったように感じた。少女は必死になって（いまを逃したらわたしは死ぬ！）、ほかの言葉を思いだす。

「バンジン」

「おばあさん――おにいさん」

「さようなら」

蛇のおばさんは細い目をさらに細くする。笑っているのかと思って、少女は言葉をもっともっと話そうと、ジプンからきいた、思いだせるかぎりの音をでたらめでも繰り返す。

「ドロボー、イヌコロ、おまえ、いくらだ、ビジン、サケ」

その瞬間、蛇のおばさんは手をのばして少女を力いっぱい抱きしめた。ほんとうにひさしぶりに感じる人間の熱だ。頭の上にぽつりぽつりと水滴が落ちてきて、雨が降りだしたのかしらと少女は思う。でもすぐに蛇のおばさんが身を震わせて泣いているのだと気づいた。おばさんは、またわからない言葉を、ため息のように繰り返す。

しばらくしておばさんは涙を拭いた。傷だらけの少女の足を優しく撫でると、背中をむけて、さあ、と身振りでおぶされと示す。少女は、いわれるまま小さな背中におぶさった。腹や胸にふれるおばさんの服の繊維のごわごわした感触にはじめて、服がぼろぼろで裸みたいな格好をしている自分に気づいて、急に恥ずかしくなった。肌を隠すように背中に強く強く抱きつく。背中の温かさに、がちがちだった体が緩んでいくみたいで、気づいたら声をあげて泣いていた。

坂の途中の街、一九二〇年

数週間で少女の足の傷はすっかりよくなった。蛇のおばさんの家には、アナタ、と呼ばれるジプンと、少女より少しだけ歳上に見えるリーファと呼ばれる女の子がいた。最初のうち、少女は、アナタが現れるたびに、柱の陰や戸口に立っていつでも逃げられるように身をかたくした。そのたびにおばさんは、ほんとうに悲しそうな顔をして、大丈夫、大丈夫、と少女にもわかるようになってきた言葉でいった。どんなふうにしたのかはわからないけれど、少女は、その家の二人目の子どもとして迎え入れられたようだった。

そのうち、アナタはタケダという名前で、街の小学校というところで言葉を教えているということがわかった。タケダは、集落にいたころに出会ったジプンとは違って、少女を怒鳴ったり、急に手を摑んできたりしなかった。ただ、縁側に腰掛けて、長いキセルに火をつけると通りを行ったりきたりするひとをながめていた。狩りにも行かず、働かず、ただ酒ばかり飲んでいたダッキスおじさんと似ていた。おじさんは、あの銃弾の雨のなかを生き延びられたのだろうか——。きっとみんな死んでしまってわたしが最後のひとりだ。そう思うとなんだかいつも悲しかったり、誇らしかったりして、少女は蛇のおばさんの背中にひっつくように顔をうずめた。

「わたしの母さんよ！　このバンジン！」

少女が初めにいちばん戸惑ったのは、リーファだった。蛇のおばさんにふれるたびに、リーファは必死になって少女を引き離した。ときには、犬か豚でも扱うように、少女を足蹴（あしげ）にした。少女は、小柄なリーファによくわからない好意を抱いていたのだけど、リーファのほうは月日がたっても少女とまじわろうとしなかった。少女がリーファの枕元に捕まえた小鳥をおいたとき、リーファは気でもふれたかのような声をあげて少女を叩いた。少女も叩かれたままで黙っているわけもなく、リーファに摑みかかる。身長ではリーファよりも大きかった少女はあっさりとリーファを組み敷いてしまう。金切り声をあげるリーファにどうしていいかわからないまま、少女は首筋に嚙みついた。汗となんだかわからない甘いにおいに、鼓動がどんどん速くなる。

泣きじゃくるリーファと、興奮して息が荒くなった少女を引き離したのは蛇のおばさんだった。蛇のおばさんは、どちらの味方もしなかった。おばさんは、ふたりを真っ暗な納屋に閉じ込めて、外に遊びにいくことを禁じた。

「父さんが帰るまで反省しなさい」

実際にはこの罰は不平等なものだった。暗闇を怖がってリーファはさっきよりもひどく泣き続け、森の漆黒の夜を友人のように感じていた少女は、リーファに申し訳ないような気持ちにもなるのだった。泣いているリーファの頭をふだん蛇のおばさんにしてもらってるみたいに撫でようとすると、強く手をはらわれた。

「汚い手でさわらないで！」

　拒絶されるほど、少女は意地になってリーファにふれようとした。さんざん声をあげてののしっていたリーファも最後にはあきらめたのか、すっかりうなだれて少女にされるがままになった。


　街での暮らしに慣れてくると、街では三つの言葉が話されていることに気がついた。ひとつは、隣の邱(きゅう)おばさんが話す客家(ハッカ)の言葉。はじめて顔をあわせたとき、「仮黎(ガライ)」と驚いたような顔をしたので、あとで蛇のおばさんにきいてみたら、客家の言葉で「蕃人(ばんじん)」、つまり山の集落に住む人びとのこと、と教えてくれた。いちばん多く耳にするのは漢人の話す言葉。少女が最初に覚えたのは、感謝を伝える「多謝(トウシャア)」だ（でも、あまりいわない）。そして警察官や、学校の先生が話しているのは、ジプンの言葉。「にほんじん」「にほんご」という単語もすぐに頭に入ってきた。

　家のなかでは、タケダが話す「にほんご」と、蛇のおばさんがリーファに話しかけるときにときどき口にするおばさんの集落の言葉、そして、リーファが街の子どもたちと話す漢人の言葉という三つの言葉が飛び交っていた。たくさんの言葉が飛び交うところにいると、まるで森のなかでさまざまな動物の立てる音に耳をすましているときのようだ、と少女は思う。

「おまえにも名前がいるね」

　蛇のおばさんは、少女が言葉がわかるようになってきたある日、そういった。少女の集落の名前は、日本人には発音しにくいし、なによりもタケダが日本人だから、その子どもも日本名がいいということだった。少女は、ブーナやオピルを家畜でもつぶすように殺していった日本人を憎んでいたから、その言葉で名前をつけられることに必死で抵抗した。

「リーファも名前違う。わたし、自分の名前ある」

少女がまだ自由にならない日本語でそういうと、蛇のおばさんは、頭を横に振って、リーファにも日本名がある、といった。必死の抵抗もむなしく、少女の名前は、シズカ、になる。おしとやか、上品、静けさ——言葉の意味をきいて、自分にはまったくふさわしくない名前だと少女は決して自分から名乗らないことにする。


街のはずれには、深い深い洞窟が地の底まで続く鉱山と呼ばれる山があり、そこでは街の多くの大人が働いているようだった。山の集落よりもはるかに大きな警察署や郵便局があって、そのまわりには日本人のきれいな家々が立ち並ぶ。そこから少し離れた隣町に続く斜面にはりつくように漢人たちの家が建てられていた。あり合わせの材木とトタンでつくったような家も多い。

夜になると、街の家の一軒一軒、鉱山に続く通りに灯りがともり、まるで地面が燃えているようだった。少女の家は、街の中心から少し離れた高台にあったので、少女は夜になると外にでて、納屋の屋根の上にのぼり、その燃えるような街をながめた。日本人や、街の子どもたちが怖かったので街にはめったに行かなかった。

街の木々が青々として、通りが落下したマンゴーの濃厚なにおいに満たされるころ、少女は夕ケダの自転車のうしろにリーファとふたり乗せられて、小学校に通うことになった。学校は街の中心にあるレンガ造りの洋館で、日本人の子どもたちはそこに通い、漢人や客家の子どもたちは公学校という所で日本語を学ぶとタケダにきいた。もうそのころには、いやいやながら少女の姉になることを受け入れていたリーファは、絶対に学校では話しかけないで、と校門をくぐるまえにきつくいった。少女は、そんなリーファを思いっきり抱擁すると、リーファは顔を真っ赤にして、ばか！　と叫び声をあげて駆けていってしまった。

「いいかい。ここでは殴ったり、噛みついたり、無法をしてはいけないよ」

そういってタケダは少女を一階のいちばん端の教室に放つ。その言葉がまったく無駄だということにタケダも当然気がついている。教室からは、貝殻を砕いたようなにおいと、金持ちの子どもの洗濯糊のにおい、そして貧しい子どもの洗われていない服のにおい、黒い板のまえに立つ大人のかしこまった規則のにおいなんかがする。少女は一瞬でそこが大きらいになった。

最初の日、少女は男の子ふたりと取っ組み合いの喧嘩をして、ひとりの子の上着を引き裂き、ひとりの子の目のまわりにあざをつくった。つぎの日には、喧嘩を止めようとした先生の残り少ない髪をひきむしった。喧嘩をするたびに少女はこっぴどく殴られ、みんなのまえで立たされたり恥をかかされた。父親は日本人だけれど少女は、その見た目から「バンジン」と呼ばれた。ときには「ドジン」とも。呼ばれるたびに少女は日本人がきらいになった。タケダは先生なのに、学校のなかで尊敬されていないようだった。

リーファは学校で会っても少女のことを完全に無視した。それでも、少女が罰として教室で居残りを命じられたときは、帰り時間まで図書室で時間をつぶして、「偶然」校門の外で少女に声をかけたりした。

「また、喧嘩したの。あんた、ばかじゃない」

「ばかはあいつらよ。日本人だから偉いと思ってる。リーファはなんで我慢できるの」

「逆らっても無駄だから。殴ったらわたしたちが悪いってされる。だからわたしは勉強でやっつけるの。だいたい、きょうもなんであんたひとり残されてるの」

少女はリーファの言葉に昼間の悔しさを思いだして涙を浮かべる。授業の休み時間に、鉱山会社の役員の子どものケンジが少女にムカデを食わせようとしたのだ。少女はその子のズボンにムカデをねじ込む。教室は泣き叫ぶケンジと少女をののしる子どもたちの声で混沌とする。それでも先生に殴られて、叱られたのは少女だけだった。

リーファは、じつは優しい。妹の涙をぬぐうと、手を引いて家への道を歩きだす。少女が子どもらしい涙を取り戻したのは、蛇のおばさんとリーファのおかげだった。


あまりにも少女が喧嘩ばかりするので、あるときタケダは思案して知り合いの農家にたのみ子山羊を二匹買ってくる。

「おまえも殴ったりののしったりばかりじゃなく、少しは育てたり思いやったりすることを覚えたらどうだ」

少女はタケダの言葉の意味がよくわからなかったけれど（悪いやつは殴らなきゃわたしがやられちゃう！）、子山羊にふれると集落にいたころを思いだして涙が止まらなくなった。心配そうに見守るタケダに虚勢をはるように笑うと少女は、いつ食べるの、ときいた。集落では、祭りのたびに山羊はつぶすものだったから。

タケダは、困ったような顔をして笑うと、いや殺さないよ、といった。一匹の山羊にはリーファが「阿春(アチュン)」という名前をつけて、もう一匹の小さいほうの山羊には、少女がふだんあまり口にすることのない「多謝(トウシャア)」という名前をつけた。日本人でもタケダにだけは、少女は密かに感謝していたのだった。多謝はあきらかに栄養不足で干物のようにかりかりに痩せて、毛も薄汚れていた。鳴き声も力なく哀れだった。少女は、街にはじめてたどりついた時の自分を見ているようだと思った。

それからというもの毎朝学校に行くまえに二匹の山羊を連れて、川まで草を食べさせにいくことが少女の日課になった。リーファは最初の二日だけ少女と一緒にきたけれど早々に飽きたのか山羊の世話を少女に押しつけた。あいかわらず街の子どもたちは少女を見かけると指差して笑ったり、ののしり言葉を口にしたりしていた。しかし少女は二匹の山羊の面倒を見るのに必死で子どもたちにかまっている暇はなかった。それ以上に、この弱々しい子山羊が野蛮な子どもたちの標的になることを想像すると、恐ろしかった。

――大きくなってわたしがこの子たちを守らないといけない。

小学校には常習的に遅刻するようになったけれど、タケダの思惑は功を奏して、少女はあまり激しい喧嘩をしなくなった。

蛇のおばさんには三つの名前がある。少女の日本語が上達して、複雑な話もできるようになってきたころ、おばさんが教えてくれた。ひとつ目の名前はライリマ。おばさんが生まれた山の集落でつけられた名前。おばさんの集落は、少女の集落とは違って生まれたときから、偉かったり、大事にされたりという「身分」があった。おばさんは身分の高い家に生まれたのだけど、父さんが「悪いこと」をしたから、貧しくなって、漢人の妻として売られた。少女には、よく理解できない。少女の集落にも働かないで酒ばかり飲んでいるダッキスおじさんみたいなひとはいたけれど、子どもを売らないといけない家はなかった。ダッキスおじさんにもだれかがあまった食べものを届けたりしていた。

「どうしておばさんの家に食べものを届けるひとはいないの」

少女がそうきくと、おばさんは悲しそうな顔をして、少女の髪をすいた。

「みんな貧しくなりたくないからよ。貧しさはうつるってみんな思う。だから街でも汚い服を着てるひとにはだれも近づかないでしょ」

少女は、この坂の街に最初にたどりついた朝のことを思いだす。

漢人の妻になったおばさんは、鳳霞（フォンシア）という名前で呼ばれるようになった。おばさんの集落は雨の朝によく霞（かすみ）がかかっていたから、その漢字の意味をきいてその名前にした。いまでも、おばさんは街のひとには、この名前で呼ばれている。その漢人は、リーファが生まれてすぐに流行病で命を落とした。ああ、だからリーファは日本名じゃなくて、自分のことリーファって呼ぶんだ。

少女ははじめて出会ったころ、リーファがどうしてあんなに母を独り占めしたがったのかはじめて理解したような気がした。

　三つ目の名前はタケダと再婚したときにつけられたサクラという名前。春が近づくころになると山々に咲き乱れる赤い花が好きだといったら、タケダが、じゃあ、サクラがいいだろう、といった。でも、タケダや日本人をのぞいておばさんをサクラと呼ぶひとはいない。

「おばさんはどの名前がいいの」

「そうね。ライリマは生まれたときの名前。でも、あの貧しい暮らしや売られたことを思いだして悲しくなる。フォンシアはいちばん馴染んでる。みんなそう呼ぶしね。でも、わたしは漢人じゃない。サクラは完全に外国語」

　その話をきいてから、少女は自分の名前について考えるようになった。生まれたときの名前は遠い遠い記憶の彼方、集落のみんなから呼ばれたホイピッピが森のなかのわたしにはぴったりだった。でも、森から追われたわたしはシズカなんてぜんぜんわたしじゃない名前をつけられた。学校の教科書には「タケダシズカ」って書いてあるけど、みんなは「バンジン」としか呼ばない。リーファは、「あんた」だし、タケダは「おい」。いったいわたしのほんとうの名前はどうやってみつけたらいいんだろう。

　三つの名前をきいても、少女はどの名前も蛇のおばさんの名前じゃない気がしたから、変わらず、おばさん、とか、ねえ、とか呼んだ。「母さん」はそう呼ぶまえに死んでしまっていたから、そう呼ぼうと考えたこともなかった。

少女が街にきて二回目の夏には、生まれてはじめて汽車に乗って花蓮港と呼ばれる街まで旅行に行った。平原いっぱいを埋め尽くすように咲き乱れた金針花に思わず少女は息をのんだ。昔、集落の森の尾根道からながめた花だったから。風が吹くたびに金木犀(きんもくせい)が香る秋には、近くの漢人の家族にまねかれて中秋節の餅を食べた。山で暮らしていたころ、まるで血の花のようだと感じた山桜が山肌を赤く染める冬には、タケダがお雑煮という故郷のスープをつくってくれた。広島という街からきたというタケダのお雑煮には、食べたこともない貝が入っていて少女はその貝が好物になった。その一ヶ月ほどあとには、街は春節を祝うひとたちで賑わった。

マンゴーの甘いにおいが街路を満たす初夏には、蛇のおばさんの故郷の親戚が訪ねてきて——みんな手に蛇の刺青を入れていた——しばらく宴会が続いた。いつもはタケダに遠慮するように日本語を話しているおばさんもそのときは歌うような声で集落の言葉を話す。

学校でも一つだけいいことがあった。美術の時間、少女は、絵を描くことで自分の気持ちを表すことができるということを知った。少女が最初に描いたのは蛇のおばさんの手だった。少女は見ているものや記憶のなかの風景をそのまま描くことができた。

森のなかと同じようにはいかなかったけれど、少女は、街での暮らしの色彩に馴染んできたことを認めないわけにはいかなかった。あの晩のブーナやオピル、血の海に横たわる祖母の姿を夢に見てうなされることも少しずつ減ってきた。

海の街の学校、一九二六年四月

いつのまにか小学校を卒業するときがきて、少女はまったく望んでいなかったけれど、蛇のおばさんの強いすすめで家をでて、大きな港町にある高等女学校に通うことになった。

「女も学が必要な時代がくるよ。わたしはもう間に合わないがあんたはほんとうは頭がいいんだから」

——おばさんはそういうけれど、わたしはリーファねえさんみたいにはなれないのに。

少女より一年早く小学校を学年一位の成績で卒業したリーファは、義理の父であるタケダにたのみ込んで、内地の大阪というところに移り住んでいた。少女はリーファの出発を泣いて止めたけど、まったく相手にされなかった。ごめんね、でもあんたもこんなところ、とっととでていったほうがいいわ。

すっかり大きく肉付きのよくなった山羊の阿春と多謝に別れを告げて（決して食べないようにタケダに何度も念押しした）、バスと汽車を乗りついで、海の街の女学校に行ったとき、少女は式典を早々に抜けだして、汽車の窓から見た海に向かって走った。坂の途中の街からも、かすみのように浮かぶ青い海を毎日のように見ていたけれど、それは透き通った空と同じようなもので、ふれたり、入ったりできるものだと想像したこともなかった。

打ち寄せる波に足をひたした瞬間、全身が震えるような感覚を覚えた。冷たい四月の水と、背中を焼く太陽。坂の街にあった細い川とも、生まれた集落の外れにあった沼とも違う水たまり。生きもののような獰猛(どうもう)な波を追いかけては少女は足が濡れないように駆け戻る。気がつけば、声をあげて笑っていた。リーファが海の向こうに旅立った理由もいまはなんとなくわかる気がした。わたしが知らないものすごく広い世界があるんだ――。

一歩、二歩、沖に向かって歩いてみる。波はふくらはぎからいつか太ももまで濡らしていく。制服のはき慣れないスカートが波がくるたびに浮かんで黒い花のようだ。ひとの声がきこえたような気がして、ふりむくと少女とまったく同じ制服を着た女の子が立っていた。少女よりは背が低いけれど、すらっとのびた手足と、長いまつ毛は、リーファが愛読していた雑誌のなかの少女の絵のようだった。髪はきれいにマガレイトに結われている。

「あなた、大丈夫？　あんまり沖までいくと危ないわよ」

きれいな、シーレックのような声だ。遠い記憶になってしまった森の空気を一瞬思いだして、それでも少女はわざと北京語で、放っておいて、と答える。日本人はきらいだ。

「別管我(ビエグアンウオ)！」

その子はあきらかに戸惑ったような表情を浮かべて、ごめん、わからないわ、でも、死んでもいいことないわよ、といった。

その言葉で少女は自分が海で死のうとしていると思われたことに気づいて、おかしくなって笑った。わたしが死ぬわけないじゃない。そう思った瞬間、大きな波がきて、気がつけば少女は海に引き込まれている。それは、森や集落を流れる小川では感じたことのない、強い強い力だった。どちらが上か下かもわからなくなって、少女は水をかく。

飛沫と黒い水の向こう側から、魚のように白い手が伸びてきて、優しく少女の手を摑んだ。それはいつか納屋で震えていた少女に伸ばされた蛇のおばさんの手にも似て、力強く、温かい手だった。黒い波のなかから引きだされて、少女は塩からい水をはきだす。ふたりとも全身濡れ鼠のようになっていた。顔をあげて、やっと呼吸を取り戻す。少女は、怒られると思って身を硬くした。でも、笑い声が響いた。

「あなた、泳げないのによくやるわね」

その子は、少しも怒っていないようだった。一回大きなくしゃみをすると身震いして、服を脱ぎ始めた。砂浜に打ち上げられた大きな流木に脱いだスカートやシャツをひっかけていく。白い陶器のような肌が、四月の太陽の下で光っていた。

「脱がないと風邪ひくわよ。春の海水浴場なんてだれもきやしないわ」

いわれて少女も服を脱ぐ。

この子に比べて、わたしの肌はなんて黒いんだろう――。

これまで、一度だって気にしたことがなかったのに、急に悲しく恥ずかしいような気持ちになって、少女は体を隠すように流木に腰掛ける。恥ずかしい気持ちをごまかすように、少女はぶっきらぼうに日本語できいた。

「名前は？」

その子は、ちょっとびっくりしたような顔をしてから、ぽつりと、ナツカ、と答えた。あなたは、ときどきかえされても、少女には答える名前が思いつかなかった。そのときぼんやりと頭に浮かんだのは、どういうわけか海を渡った姉の顔だった。

「リーファ」

いってみると、なぜだかしっくりきた。森からきたばかりのわたしを突き放して、いじめて、無視して、でも校門のまえで待っていてくれて、いやなことばかりいうのに、泣いているときは優しいねえさん。

「きれいな名前ね」

ナツカはそういって、春の日差しみたいに笑った。そのとき、いまリーファになった少女は直感的に、名前って呼ぶひとのものなんだ、と思う。

正午ごろ、強い日差しで乾いた制服を着ると、白い霜のような塩が黒いスカートにカビのように広がっている。ナツカは指でその白い霜をひと撫ですると、そのまま口に含んだ。

「しょっぱいわ」

その無邪気な笑みに、少女はふしぎな胸の高鳴りを感じる。ずっとまえにリーファの首筋に嚙みついたときにも似た、体の奥が熱くなるような胸の高鳴り。

入学式を抜けだして海で溺れたふたりのことは、ちょっとした問題になった。教師たちはまず最初に心中を疑っておそるおそる事情をきいていたけれど、ふたりが初対面であること、日本人の令嬢と台湾人の庶民という不釣り合いな組み合わせであること（少女には「バンジン」という言葉を避けているのが伝わってきた）などから、その線は自然と否定され、それから長いお説教が始まった。それでも、黙りこくって反抗的な表情さえ浮かべる少女になにも厳しい処分を科されなかったのは、ナツカがうまいことをとりなしたからだ。ねえ、入学初日ですし、遠くからきて不安だったんです、どうかお目溢しをお願いします、と甘えるようにいうナツカと、とまどいの表情を浮かべる教師たちを横目に、少女は、これが蛇のおばさんのいっていた「身分」なんだとあらためて思った。

「もう、帰っていいですか」

それが少女がそこで発した唯一の言葉だった。

ナツカに再び会ったのは、一週間後のことだった。昼休みに少女が図書館裏のベンチに腰掛けてちまきを食べていると、カラーにしっかりアイロンがかかった制服を着て、花のようないい香りをまとった少女たちにかこまれたナツカが通りかかった。海で溺れてから一度だけ洗濯したわたしの制服とは大違いだ。少女は、ナツカが小学校のころの姉と同じように自分のことを無視すると思っていた。

——わたしたちには、身分の違いがある。あいつらは、ブーナを、オピルを殺した。

「リーファさん！　ごきげんいかが」

少女は、リーファと呼ばれたことがおかしくてつい笑ってしまう。でも、日本語では答えない。今度は台湾の言葉で、呷飽没（ジャバーボエ）？　ごはん食べたの、といってちまきをさしだした。とまどったようなナツカの表情をまた見てみたいと思ったのだ。

そうしたら、ナツカは一瞬のためらいも見せずに竹の皮をむき、ちまきをかじって、おいしいわ、ありがとう、といった。戸惑いの表情を浮かべてナツカを見ていたのはまわりの少女たちで、少女はなんだか逆に申し訳ないような気持ちになった。軽快に歩き去っていくナツカとそのあとを追う少女たちの声が耳に入った。

「ナツカさんはお優しいのね。あの子ほら、バンジンでしょ」

「内地からこっちにきてはじめて見ましたわ」

「山だしそのものって感じですわね。けれど、案外きれいな顔してなくって？」

少女は、リーファがどうしてあんなにわたしに声をかけられることをきらって、必死に日本語を勉強していたのかやっとわかった。色の白いリーファなら、きれいな日本語さえ話せれば、台湾人とか「バンジン」とかばかにされないからだ。

そのとき、ナツカの透き通る声が耳に飛び込んできた。

「みなさんは彼女の魅力にまだ気づいてないんですわ。あのひと、笑うとほんとうにすてきなんだから」

ナツカがわたしのことを話している。それだけで胸が高鳴るように少女は感じた。

ああ、わたしはナツカをわたしのものにしたいって感じてる。

ナツカは西組で、少女のクラスは東組だった。少女はすぐに気がついたけれど、西組には総督府の高官の娘や財閥関係の令嬢が多く、東組には商人や教師の娘が多かった。当然、西組には日本人が多くて、東組には漢人や客家、朝鮮人もいた。少女と同じように「蕃社(ばんしゃ)」出身の優等生もいたけれど、少女に話しかけてくることはなくて、少女も話しかけなかった。

授業はとにかく退屈だった。裁縫や、家事全般を教える教師は、とにかくいい妻になるのが女のいちばんの幸せで、お国の役に立つのよ、と繰り返し繰り返し話す。少女は、自分がだれかの妻になるなんて考えもしなかったし、だいたい自分の「くに」がどこかなんてわからなかった。

わたしの集落は燃やされて、みんな虹の橋の向こうにいるんだ——。

リーファは海の向こうで自分の「くに」をみつけたんだろうか。そんなことを考えて窓の外の海ばかり見ていたので、成績はまったくふるわなかった。

小学校のときのように、ムカデを食わせるような嫌がらせを受けることはなかった。でも、少女は、いつもひとりっきりだと感じていた。黒い制服の海のなかで、きれいな日本語を話す少女たち。森のむっとするようなにおいも、獣の息絶える声も、血のむせかえるようなにおいも知らない少女たち。征服者であることに胸をはって、「バンジン」を見下す少女たち。

蛇のおばさん、海の向こうに行ってしまったリーファ、タケダ、お隣の邱おばさんすら懐かしかった。海の街で少女が下宿していたのは、蛇のおばさんの亡くなった夫の遠い親戚とかいう鐘おばさんが経営する木賃宿で、満室で部屋の時間貸しが必要なとき、少女はしばしば部屋の外で待たなければいけなかった。部屋のなかで、男と女がなにをしているのか、もうすっかりわかるようになっていて、それを別段いやらしいとも不潔だとも思わなかったけれど、それでも、だれかの汗で湿った布団で眠るのはいやだった。

――わたしは、この街にいたら窒息してしまう。

そう感じるたびに、少女はひとりで海へ行った。海にはなにひとつ親しいものがないのに、なぜだか打ち寄せる波の音、遠い汽笛や海鳥の鳴き声をきいていると心がしずかになっていくのを感じるのだった。学校がない日は、ときには学校がある日も、海を見にいくとそれで一日が終わった。日が暮れかかるころになると、いっぱいの漁船が港からでていって、少女は帰路につく。

海の街の夜、一九二六年六月

蒸し暑くなってきた六月のある晩、少女はあいかわらずひとりで街をさまよっていた。朝、海軍の船が着き木賃宿は大賑わいで、少女は夜遅くまで部屋に帰ることができない。海の街は、要塞の街だ。斜面にはりつくように、家々は立ちならび、はるか昔に築かれた砲台や、砦が海に睨みをきかせている。

少女は夜の街はきらいだ。必ず酔っ払いや兵隊に声をかけられるから。日本人、出稼ぎの福州人、漢人、客家、それぞれの言葉で、それぞれのやりかたで少女を連れて行こうとする。いろんな方向から声がきこえてきて、手も伸びてきて、少女は逃げるように走りだす。

――わたしはだれよりも速いのに。

駆け込める森も、川もない。夜の海は黒々としていて、生を拒絶しているようだ。

気がつけば、砂浜を見下ろすいつもの場所まできていた。真っ暗な海に泳ぐひとはいない。ただ、沖の漁船の灯りが揺れている。一陣の風が吹き抜けていって、どこか懐かしいにおいを感じたような気がした。

「リーファさんじゃなくって？」

その名前を呼ぶのはひとりだけ――。少女がふりむくと薄桃色の旗袍を身にまとったナツカが立っている。ナツカは好奇心に目を輝かせて、少女にきいた。

「こんな時間にどうしたの？　おひとり？」

少女は、ナツカに会えた喜びが顔にでてしまっていないか気にしながら、べつに、とつれなく答える。それでも、その答えではナツカの質問にぜんぜん答えていないみたいに感じて、いま家に帰れないの、と付け加えた。なぜか、はいわないけれど、嘘じゃない。

ナツカはなにか事情があると察してくれたのか、そう、といってそれ以上きかなかった。

「そうだわ、ちょうどよかった。わたしたち、これから廟のまわりの夜市見学に行くのよ。あなたも一緒にいらっしゃい」

わたしたち、という言葉に驚いて暗闇のなかに目を凝らすと少し離れた場所にパナマ帽をかぶって浴衣を着た紳士と、赤いワンピースの、ナツカとよく似た目をした女のひとがこちらを見ていた。

家族みんなが光ってすらいるように見えて、少女は闇のなかからでていきたくないと感じる。きれいな澱（よど）みない日本語、白い肌、立派なお父さま、美しいお母さま、きれいに洗われた浴衣――底に穴が開いて雨の日は水が入ってくる靴、宿の二階のおねえさんにもらった袖が薄汚れた藍色の旗袍、どんなに洗っても黒い肌――場違いもいいとこだ。

「わたしなんか一緒にいったら迷惑よ」

そういってきた道を引き返そうとしたら、ナツカに手を摑まれた。それは、あの砂浜で溺れたときに感じたのと同じ温かい手で、体の奥が一瞬で熱を帯びたように感じる。

「なにいってるの！　あなたはとってもおきれいだし、お父さまもお母さまも進歩的な方たちですから、なーんにも気にしないわ。そうでしょ」

ナツカがふりむくと、紳士はパナマ帽をとってふかぶかとお辞儀をした。

「ナツカのお友だちなら大歓迎だよ」

「そうよ、これまでだれもおうちに連れてきたことがないから心配していたの」

少女は、やっぱり暗闇のなかにきえてしまいたいと感じる。それでも、ナツカがさそってくれたことがうれしかった。つい、じゃあ、ちょっとだけなら、と答えていた。

「よかった！」

満面の笑みを浮かべて、くるくると舞い上がりそうにナツカはステップを踏む。少女は街灯の光があたらない道の端を歩く。けれど、ナツカにまた光のなかに引きだされる。


廟のまわりはひとで賑わっている。さっき少女が駆け抜けてきた道だ。この街では、いま一万人以上の日本人が暮らしていると少女は学校できいていたけれど、海軍の船がついた今夜はとくに日本語の呼び込みばかりきこえた。

「いまならビール半額よ！」

「こんばんは！　うちは安いよ」

「おにいさん、かわいい子がそろってるよ！」

最初ちょっと戸惑っていたナツカも慣れてきたのか、父の浴衣の袖をひっぱってめずらしい屋台を覗(のぞ)き込んだり、飴をねだったりしている。少女は、なにも買わない。ポケットにお金が入っていないから。

そのとき、身なりのいい男がナツカの父に声をかけてきた。

「社長！　こんな場所におこしとはめずらしいですね」

「いや、こちらにきた当初から娘にせがまれていてね。今夜やっと実現したわけだ」

そういってから、少女とナツカのほうを向いて、こちらわが社の金(きん)専務だ、と紹介する。ナツカはふかぶかとお辞儀をして、少女は軽く会釈する。金専務と呼ばれた男は、近くに行きつけの日本風の居酒屋があるんですよ、ぜひご一緒にいかがですか、とナツカの父にいった。一瞬思案するような顔をしたものの、娘はまだ子どもだから……と断ろうとした父を見て、ナツカがいう。

「いいわよ、お父さまとお母さまで行ってらっしゃいよ。わたしたち、ここをまだ見てまわりたいわ」

ナツカの母は心配そうに、あなた、と声をあげるが、父は、いやかまわんさ、と笑ってから、はっきりとした声でいった。

「そりゃちょっとくらい危ないこともあるだろう。でもね、わたしはかねがね思っていたんだ。これからの時代、女性ももっと自立したほうがいいってね。内地の学校はまだまだ古い思想にとらわれていて女性を閉じ込めるから、わたしはわざわざナツカのために台湾の学校を選んだんだ」

少女はその言葉をきいて強い反発を覚えた。

——植民地にそんな自由があるなら、こんなに苦しいわたしたちはどこに行けばいいの。

けれど、誇らしげに父を見ているナツカのことを考えると言葉にできなかった。

少女がなにもいわないでいると、ナツカは少女の手を引いて、じゃあ、わたしたち、ちょっと見物してくるわね、といって歩きだした。そんな行動的なナツカのことがうれしいのか父親はナツカの手に、何枚かお札を握らせる。蛇のおばさんが草鞋(わらじ)を編んで街で売る一ヶ月の稼ぎより多い——。

「これでなにかおいしいものでも食べたらいい。でもな、廟の東には近づいちゃいかんぞ。あっちは阿片中毒者やいかがわしい女たちがうろついていて危険だから」

「わかってるわ。でも、阿片中毒者は危ないけど、いかがわしい女のひとたちに興味がおありなのはお父さまじゃなくて」

「口をつつしみなさい、ナツカさん!」

母の声に舌をだして無邪気に笑うと、さあ、行きましょ、とナツカはまた少女の手を引っぱった。引かれるままに少女は歩きだす。少女の家は、まさにいま話にでた廟の東側にある。だから、夜市をさまようのははじめてではなかった。いま少女がいちばん恐れているのは、ここで木賃宿を訪れる遊び人や、いかがわしい女たちと会ってしまうことだ。あそこに住んでいても、わたしはあんな女たちとは違う。ナツカには絶対家のことは知られたくなかった。

いつも口笛を吹く男や酔っ払いが声をかけてくる、大きらいな街。でも、ナツカと歩く夜市の景色はまったく違っていた。見るからに高級そうな絹の旗袍を着たナツカはお姫さまのようで、遊び人風の男まで率先して道を譲った。魔法のようだ。少女は、そんなナツカと一緒に歩いていることが誇らしいような変な感覚すら覚える。

「ねえ、リーファって呼びすてでもいいかしら。さんづけなんてなんか他人行儀よね」

「いいけど……」

少女はそう答えながらもうれしい気持ちを隠せない。香ばしいにおいのする屋台を見るふりをして顔をそむけた。色とりどりの海の生きものが並ぶ屋台は、坂の途中の街で育った少女にとっても新鮮だった。

「あれはなにかしら、おいしそう」

ナツカが指差す先には、きつね色の揚げものがある。少女は、まえにその揚げものを木賃宿のおねえさんにもらって食べたことがあった。

「天ぷらよ。日本人ならめずらしくないでしょ」

「そうなのね。内地とはぜんぜん違うわねえ。そうだ、リーファ、なにかおすすめのものはないの？」

そういわれてまた少女は恥ずかしくなった。お金がなかったから、屋台でものを買ったことなんてほとんどない。そのことに気づかれたくなくて、そうねえ、と屋台を見回すふりをする。そのとき、遠い記憶のなかでタケダがつくるお雑煮に入っていた貝が鉄板の上で炒められているのを見つけた。あれ、と指差す。

「牡蠣ね！　おいしそう。台湾のは小ぶりなのね。内地のものは二、三倍あるわ。わたしお腹空いてるの、食べてみない？　こっちの言葉でなんて注文したらいいの」

「日本語でも通じるわ」

「わたし、知りたいのよ」

食い下がるナツカに少女は、自分の言葉ではない、漢人たちの言葉を教える。我要這個（ウオヤオヂャアゲ）――これがほしい。ついでに「蚵仔煎」と書かれているその食べものの名前が「オアチェン」だとも教える。ふたりで湯気の上がるオアチェンをほおばる。まるでよく知っているみたいなふりをしていたけれど、少女も実ははじめてだった。オアチェンは、卵がふわふわしてびっくりするくらいおいしい。

食べ終わって足取りも軽く、ナツカに手を引かれて歩くうちに、景色がどんどん見慣れた木賃宿に近づいていることに気がついた。勇気をだして、ナツカと呼んでみる。

「ナツカ、こっちは行くなって……」

「いいじゃないの。とって食われるわけじゃないんだし。わたし見てみたいのよ」

廟の東の街は、さっき少女がでてきたときとかわらない。居酒屋の電飾が瞬（また）き、あん摩屋という看板をだしたほったて小屋の軒先では、丈の短い旗袍から脚をのぞかせた女たちが煙草を吸っている。肩に彫られた鮫（さめ）の刺青を見せびらかすように歩く若者。蛇のおばさんとはぜんぜん違う安っぽい和彫（わぼり）だ。ナツカも緊張しているのか、早足で歩く。

――シズカじゃないの。

恐れていたことが現実になってしまった。軒先にいたピンメイが声をかけてきて、少女は無視することもできず、会釈する。ピンメイは木賃宿の二階をほとんど家のようにしている娼婦で、まだ十九歳だっていうのに男に刺された傷が三ヶ所もある。いつもその傷を見せびらかしては、自分がどうやって生き抜いたのか自慢げに話す。

「まえにもきたことあるの?」

少女はなにも答えることができなくてうつむいたままピンメイのまえを歩きすぎる。どんなふうに答えたって軽蔑されるに決まっている。少女が目をふせていると、ナツカはいたずらっぽい調子でいった。

「ねえ、こうしない。絶対にお互いのことを軽蔑しないってルールでわたしたちの秘密をひとつ交換するっていうのはどうかしら。わたしあなたが人殺しだって受け入れるわ」

まるで心のなかを読まれているようだ。そんなふうに思って少女はナツカの顔をまじまじと見る。秘密、という淫靡(いんび)な響きに頭がしびれる。ナツカは、じゃあ、わたしからね、といって少女の耳元に口を寄せる。

――わたし、女の子と口づけしたことあるの。

いま口づけをしたいっていわれているみたいにすら感じて、少女は体の震えを必死でおさえる。じゃあ、あなたの番よ、と赤い顔をしてナツカがいった。少女は、もう躊躇することなく、この先の木賃宿に下宿している、という。ナツカの反応はまったく予想外だった。

「すてきじゃない。わたしまえに雑誌で読んだの。決められた相手と結婚をしてパンのために愛のない関係を続けるより、お金のために愛のない相手と寝る娼婦のほうが自由があるぶんましだって。だからそういう女たちを絶対に軽蔑なんてしやしないし、そこに住んでいるあなたのこと羨ましいとすら思うわ」

「わたしは、娼婦はいや！　ぜんぜん自由なんかじゃないの」

思わず少女はそういってしまった。ピンメイのたくましさも木賃宿のまえで男を待つ娼婦のおねえさんの優しさもよく知っているけれど、みんながどれだけ借金や貧しさに縛られているのかもわかっていたから、受け入れられなかった。でも、絶対に軽蔑しないってルールをやぶってしまったみたいで気まずかった。

ナツカは少し落ち込んだ様子で、ごめんなさい、よく知らないのにわかってるみたいにいってしまって、あなたも苦労してるのね、といった。それから、きた道を引き返し始める。少女は、勇気をふりしぼってナツカの手を握ると、部屋を見ていかない、といった。

「いいの？」

ナツカの目にまた輝きが戻った。

歩き慣れた迷路のような小路をたどって木賃宿につくと、部屋はまだ使用中であることを示す赤い手拭いがドアノブにかけられていた。少女はがっかりするのと同時に、ナツカに部屋を見せなくてよくなったことにかすかな安堵のため息を漏らす。気づけばいつものように開かない扉にもたれて座り込んでいた。ナツカは部屋のなかからきこえてくる生々しい男と女の声をききながら、なにか考えているのかしばらく黙り込んでいた。

「羨ましいなんていってほんとうにごめんなさい。今度から部屋に入れないときは、いつでもわたしの家にきて。なんなら一緒にお勉強するのもいいんじゃないかしら」

そういうと、さあ、行きましょ、と白い手を伸ばして少女の頭にふれた。その手は、遠い昔、暗闇を切り裂くように伸びてきた蛇のおばさんの手のように、光り輝いて見えた。少女は手を摑んで立ち上がる。

いつでも家にきて、といわれたものの少女がナツカの家を訪れることはなかった。ナツカとは違って、ナツカの両親が見せる好意は上辺だけだとわかっていたし、あんなに明るい家にいたら目がくらんでしまう。それよりも木賃宿の窓から漏れる灯りをながめているほうがいい——。それでも、学校でいいにおいのする少女たちにかこまれたナツカとすれ違うとき、少女は夜市の晩のふたりだけの秘密を思いだして、胸が熱くなるのを感じた。

坂の途中の街、一九二七年四月

「リーファ、おひさしぶり」

授業中の居眠りの罰で少女が音楽室の掃除をしていると、うしろから懐かしい声がきこえた。ふりむかなくても、その名前で少女を呼ぶのはひとりだけ。夜市の晩からはずいぶん時間が過ぎて、季節は春だった。

ほんとうにひさしぶり！　そう明るく返事したかったのに、口から漏れたのは、そうね、という素っ気ない言葉だった。

ナツカもちょっぴり恥ずかしそうに、夜市以来ね、と微笑む。

——覚えていてくれてるんだ。

気持ちが軽くなった。

「あれから夜市に行ってみた？」

「ううん、お父さまもさすがにひとりじゃだめだっていうし、級友のみなさんはあんまり興味がないみたい——ああ、でもわたし、このまえ、オアチェンをうちでつくってみたのよ。ばあやはいやがったけどね」

おいしくできたの？　と少女がきくと、ナツカは無邪気に笑って、リーファと一緒に食べたらきっとおいしかったはずよ、といった。少女は自然と笑みがこぼれてくるのを隠すように、ナツカに背中をむけてピアノの下を箒ではく。

そうだわ！

ナツカが急に思いついたようにいった。

「リーファの生まれた街に行ってみたいわ。わたし、この街しか知らないから、色んなところを見てみたいの」

想像もしていなかった言葉だった。またふたりきりで時間を過ごせるかもしれないという期待に、かすかな胸の高鳴りを覚えた。それでもナツカの家に比べたらたぶん鶏小屋のような家を見られたくないとも感じる。

——見せるような街じゃない、父は無愛想だし、それより都会のほうが進んでて楽しいわ、と話題をそらそうとしたけれど、ナツカは思いの外しつこかった。少女も半ば意地になって坂の途中の街の意地の悪い少年たちのことや、鉱夫たちの日常的な乱闘のことなんかを伝えたけれど、それは逆にナツカの好奇心をかきたてただけのようだった。最後には、ナツカが、連れて行ってくれないならもう口をきかないとまでいうようになって、少女もついにあきらめて、故郷の、とはいっても生まれた場所ではないけれど、坂の途中の街へ案内することにした。ただし故郷ではシズカという名前で呼ぶことを絶対の条件にして。少女はナツカに姉の名前を名乗っていることを蛇のおばさんにもタケダにも知られたくなかったのだ。

あいかわらず女性の自立を尊重したいというナツカの父は喜んで、ナツカにふたり分の汽車の代金と手土産のための小遣いを渡した。大きな川を見下ろす渓谷を走る汽車の旅は、わずか十数分で終わり、そこからは乗合バスの旅になった。少女が故郷に戻るのは、お正月以来で、事前にタケダに手紙を書いていたけれど、粗末な家のことを思うと気が気ではなかった。

昼まえに、坂の途中の街のバス停でふたりは下りる。

「まあ、すてき！」

はるか遠くにかすみのように見える海を見てナツカは笑った。

鉱山会社の日本人たちがちょうど昼休みでごった返す街で、緑色の流行のワンピースに身をつつんだナツカは、異様に目立った。少女は街を通り過ぎるひとすべてが自分たちを見ているようで、恥ずかしいのと同時に少しだけ誇らしかった。バス停から家に向かう途中の茶館のテラスに腰掛けるタケダをみつけた。急に胸に迫ってくる感情があって、あわてて上を向いて涙を隠した。たった二ヶ月会っていないだけなのに、白髪が増えて、なんだか生がタケダから遠ざかりつつあるようにも感じられた。

ふたりに気づくと、タケダはうれしそうな顔をして、おーい、とテラスから手を振った。ナツカが深々とおじぎをしたので、タケダもおじぎをする。

「小学校ではずっと乱暴者だったおまえが、こんなお嬢さまと友だちになるなんて信じられないよ」

家までの道を案内しながらタケダはからかうようにそういった。ナツカは乱暴者という言葉がおかしかったのか、くすくすと笑っている。

「あら、シズカさんはクラスでは優等生ですわ。音楽と体育の成績は学年でいちばんですのよ。ああ、あとそう写生も評判ですの。まるで生きているみたいに動物を描くって」

少女は自分から呼びかたをかえてほしいといったのに、ナツカの声でシズカと呼ばれるとどこか居心地が悪くて、会話するふたりをうしろに残してどんどん先に進んだ。斜面にはまたずいぶんあたらしい家が建って、鉱山の街はますます賑わっているように見える。

しばらく歩いて、懐かしい家にたどりつく。柵のなかでは、山羊二匹がせわしなく歩きまわっていた。阿春、多謝、そう少女が声をかけるまえにナツカがいった。

「阿春と多謝ね！　なんてかわいらしいんでしょ」

夜市の晩に話したことをナツカが覚えていたことに少女は驚いた。

「よく覚えてるわね」

「わたし、記憶には自信があるのよ。まえに夜市でリーファが話してくれたでしょ」

ナツカが約束をさっそくやぶってリーファと呼んだことに少女は視線で抗議するが、ナツカは山羊を見るのに夢中で気づかない。リーファという響きにタケダは少し怪訝(けげん)な顔をした。少女は気まずかったので、あだ名なの、と説明する。そうか、といってタケダは納得したような顔をする。

蛇のおばさんは台所であわただしく手を動かして料理をつくっている。友だちを連れてきたことがうれしいのか、鼻歌まで歌って。少女は、はじめて自分が、この家の子どもとして受け入れられていたことに気づいてまた涙が落ちそうになる。ナツカがちらちらと少女の顔を見ているので、照れくさい。

家にいたころには食べたこともないくらい豪華な昼食のあと、少女はナツカと一緒に街にでる。内地の友だちに葉書を書きたいというから、ひとで賑わう目抜き通りにある雑貨屋で台湾の観光絵葉書を買って、郵便局で切手を貼ってもらう。あとはポストに入れればいい。床屋のまえを通り、大きらいだった小学校を通り過ぎて、そこから急峻(きゅうしゅん)な渓流に沿って続く小道をはるか遠い海の方向に向かって歩く。毎朝、阿春と多謝を連れてきて草を食べさせた道。いまでは、出勤まえのタケダの仕事になっている。

川沿いは初夏のような陽気だった。黄色いタンポポと紫色のスミレが咲き乱れ、草のいい香りがする。気がつけば、少女は懐かしい集落の言葉で歌を口ずさんでいた。ナツカがきれいな歌ねえ、といってくれて、胸があたたかくなる。

「ねえ、ちょっと座らない。わたしチョコレート持ってきたのよ」

ナツカにいわれて、少女は毎朝座り込んで草を食(は)む山羊たちをながめていた、柳の木の下を指さした。いままさに満開を迎えた柳の花は、まるで黄色いカーテンのように垂れ下がり、ふたりがその下に座ると風が吹くたびに、噂話でもするように、かさかさ、かさかさとかわいい音をたてた。

ナツカは「MEIJI」と書かれた茶色の包装紙を破って、銀色の薄い紙をむくと、チョコレートを割って、一かけを少女に手渡す。少女は生まれてはじめてチョコレートを口に含む。ほろ苦さと香ばしさ、そしてとろけるような甘さが口のなかに広がっていく。ナツカもチョコレートを口に含んだ。

あら、といって、ナツカが少女の口元をまじまじと見て、唇についてるわ、といって、指で少女の唇をぬぐった。

そのとき強い風が吹いてきて、ナツカは目を閉じる。少女は、ほとんど衝動的に、ナツカの肩を抱くと、唇を重ねた。目を開けて、ナツカは一瞬驚いたような顔をしたけれど、今度は少女を抱き寄せるようにして、口づけをした。少女は、自分の心が体から切り離されてどこかへ旅立ってしまうような感覚に震える。ナツカの唇は、チョコレートの甘い香りがする——。

黄色い柳のカーテンの陰に隠れるようにして、ふたりは何回も何回も唇を重ねた。

海の街の学校、一九二七年五月

春のあたたかい日差しが、五月の照りつけるような太陽にかわるころ、破綻は突然訪れた。さまざまな少女たちの嫉妬が、巡り巡ってひとりの人間の命を奪うような事態にいたるとは、だれひとり予想もしなかっただろう。

ナツカが少女を気にかけていることへ常々不満を口にしていたカヨという女の子が、音楽室でふたりが口づけをしていた、という噂を流すと、その噂自体は真実ではなかったにもかかわらず、学校中がふたりの関係を注視するようになった。噂はまたあらたな噂と、証言につながっていく。ある生徒は、ふたりが廟の近くの木賃宿に入っていくのを見た、といい、ある生徒は、ふたりはもうすでに口づけ以上のことをしていると思わせぶりに話した。

校長室に呼びだされたとき、少女は、またナツカが適当な嘘でごまかしてくれるのだろうと思っていた。噂はさんざん広まっていたけれど、実際にナツカとふたりだけで過ごしたのは、海辺での出会い以来夜市の晩と坂の途中の街でのほんの数時間に過ぎなかったのだから。ききづらそうに、それでも婉曲表現を用いることなく、校長は、ナツカを見て、あなたがタケダさんと口づけしていた、ということが噂されていますが真実ですか、ときいた。

「ほんとうのことですわ」

少女は驚いてナツカの顔を見る。少女は、否定されなかったことにかすかな喜びを感じたものの、行為を認めてしまうことがどんな結末につながるのか不安でしょうがなかった。教師たちはことあるごとに親密な関係が一線をこえないようにと口うるさくいっていたし、つい先日も、「同性愛に陥れる女学生に告げたきこと」という説教くさいプリントを配られたところだった。きっとナツカとしては、家でお父さまと話しているときのように、堂々と自らの意見を述べただけだったのだろう。

少女の不安は的中する。今度は、一年まえの海でのできごとのようにはいかなかった。怒りに震える校長の命令で、少女はその場で停学処分になった。ナツカは家柄もあって、停学処分にはならなかったものの、校長は電話で父親にできごとを告げた。すぐに自動車で迎えにきたナツカの父親は、少女や校長がいるのもかまわず真っ赤な顔をして頭ごなしにナツカを叱った。

「私が自由にやれといったのはそういうことじゃないんだ！　よりにもよって――」

そこで父親ははっとした顔をして言葉を止めたけれど、少女はそこに「バンジン」という言葉が入ると気づいてしまった。少女は、ナツカが自分のことをかばってくれると心の奥で信じていた。しかし、ナツカは青い顔をして下を向いているだけだった。強引に手を引かれて校長室からでていくナツカのうしろ姿を見て、少女は自分が道ばたの石ころになってしまったように感じた。――わたしはここにいるのに、もうナツカは見ていない。

それから数日間、少女はひとりっきりで木賃宿の部屋で過ごした。まわりには少女が学校に行っているかどうかを気にする大人はいなかったし、学校からの連絡もなにもなかった。

少女がいつものように満室になった木賃宿の部屋のまえに座り込んで、通りを歩くひとたちをながめていると、不安げな表情を浮かべた女の子がなにかを探すように歩いてくるのが見えた。それは噂を流したカヨだった。少女と目が合うとカヨはほっとしたような顔をして、それからばかにするような意地の悪い笑みを浮かべた。

「こんなところにお住まいでしたのね」

「なにしにきたの！」

少女の感情的な声には答えず、カヨは無言で一通の封書を少女に押しつけてきた。

なんなの、そういいながら、封書に書かれた「リーファへ」という見覚えのある文字が目にとまって、息がつまる。急いで封筒を開く。これはあなたに送る最後の手紙になります、という言葉が心につきささってきて、また息が止まる。それは短い手紙だった。ふたりの関係は誤りであったと父親にいわれて気がついた、もう会うことはない、というきれいな文字を目で追いながら、少女は、これは大きな嘘だ、と感じた。こんな嘘を、あの誇り高いナツカが書かされたのか――そう思うと、すーっと涙が落ちた。カヨがいることも忘れて、声も上げずに少女は泣き続けた。

――違うの。

か細い声がきこえて、顔をあげるとカヨがこれまで見たこともない、悲しそうな顔をしていた。

これはナツカさんの意思じゃないのよ、というとカヨは堰を切ったように話し始める。ナツカが家に閉じ込められていること、この手紙を書かなければ結婚するまでもう二度と外出を許さないといわれたこと、父親が見ているまえで震える手でカヨにこの手紙を渡したこと――。

「ナツカさん、なにも食べてらっしゃらないのかすっかり痩せていらして、シズカさんのお家の場所を教えてくださったとき、最後にわたしの手を握って――お父さまのまえでしたから声にはされなかったけど、首を横に振られたの。これは違うって」

少女は胸が一瞬で温かくなるのを感じる。

「どうして、それを教えてくれるの」

カヨはもうほとんど泣きそうな顔をして、ごめんなさい、といった。

「わたし――こんなことになると思わなかったの。ただうらやましかっただけなの。ほんとうはあなたのことときらいじゃないのよ」

許しを求めるようなカヨの視線にいらだって少女は大きな声でいった。

「わたしは大きらい！」

いまでてきたばかりの若い男女を押しのけるようにして部屋のなかに駆け込んで鍵をかけた。扉の外ですすり泣くような声がきこえたが、それもすぐにきこえなくなった。少女は、ほんとうはカヨがナツカの様子を伝えてくれたとき、感謝にも近い思いをいだいていた。それなのに、謝罪を受け入れることができない心の小ささが悲しかった。

カヨの訪問の翌日、少女の様子を見にきた担任の話のなかで、ナツカが内地の学校に編入するということをきいた。昨夜の船で旅立ったという。胸の奥に大きな穴が開いて、風が通り抜けていくような、そんなさみしさだった。家に閉じ込められているのがわかっていても、ほんとうの言葉をひとつも残さずに行ってしまったナツカのことを恨んだ。――もう、女学校なんてどうでもいい。

ナツカがいなくなってしまうと、海の街には少女をひきつけるものはなにもなかった。木賃宿も、夜市も、あの美しい海岸でさえ、少女には抜け殻のように感じられた。教科書を古本屋に売ると、だれにも別れを告げずに坂の途中の街に帰った。停学処分があけても、女学校に戻るつもりがなかったから、伸ばしていた髪も短く切った。

少女の家では、ナツカの家とはあらゆることが反対だった。蛇のおばさんは、少女がはじめて家に連れてきた友だちと引き離されてしまったことを大いに悲しんだ。少女は教師であるタケダには怒られるのではないかと緊張していたけれど、タケダは、仲が良かったのに残念だったな、とだけいって優しく少女を迎えいれた。ある晩、酔いがまわったタケダは、俺も昔おんなじことがあったんだ、と口を滑らせた。少女が詳しく話をきこうとしてもそれ以上は一言もしゃべってくれなかったけれど、少女にはタケダのどこか世を儚(はかな)むような物腰が、その別れとも関係しているような気がした。

少女は、子どものころと同じように、森のなかで多くの時間を過ごすようになった。いつも山羊たちに草を食ませている川沿いの道から深々とした森に入ることができた。遠くの海の風が吹き込んできて、ときにはカモメの鳴き声まできこえる、ちょっとふしぎな森。森は少女の傷を癒してくれることはなかったけれど、街のひとや女学校の同級生のように、少女をじろじろとなめまわすようにながめることも、いやらしい陰口をたたくこともなかった。ただ、風が吹けば、さわさわと枝を鳴らし、止まればしずけさが体を包んだ。

――そうだ、大鹿が体を動かすと風が起こるんだって、ずいぶん昔兄さんにきいた。

ブーナ、オピル、ナウィウィ、ワリス、そういったもういない集落のひとたちの名前を歌のように口ずさんだ。ときには敵のモーナの名前まで。ナツカの名前は呼ばなかった。呼んでも戻ってこないし、なによりも怒りや、もっとふれたいという欲望、悲しみといった感情が波のように押し寄せて、涙で心のなかまで溺れてしまうから。

いつのまにか夕刻に吹き抜けていく風も涼気を含むようになり、季節は秋になっていた。

ある夕方、少女が森から帰ると、家のまえに自動車が停まっていた。まだ少女の街には鉱山会社の車や乗合バスをのぞいたら自動車は少なかったので、隣の邸おばさんがめずらしそうに通りからながめていた。

蛇のおばさんが玄関の脇の台所で忙しく立ち働いていて、お客がきているから、納屋で本でも読んでいるように、といって、蒸し上がったばかりの饅頭に角煮をはさんで渡してくれる。少女が家に帰ってきてから、少女が家のなかでもひとりで過ごせるように、しばらくまえから納屋の一部が寝床になっていた。熱々の饅頭をかじっていると、居間の声がとぎれとぎれにきこえてきた。いつも決して陽気ではないタケダの声がさらに低く沈んでいるようにきこえる。話されていることは、少女には難しい言葉が多かった。プロレタリア、シュギシャ、ドウメイヒギョウ、センドウザイ――意味ははっきりとれなかったけれど、タケダはなにかの活動で内地にいることが難しくなって台湾に渡ってきて、そのことは、タケダにとって大きな秘密であるらしい。

「それは……できません……」

タケダの困ったような声に続いて、どこか記憶の彼方から響くような低い声がきこえる。

「ちょっと国のために協力してくれるだけでいいんだ。この教員名簿のだれが……なのか指さすだけでいいんだ」

かたくなに断ろうとするタケダに、低い声がいった言葉に少女はどきりとする。

「なんでも娘さんが学校で問題を起こして停学になったらしいな。まだそんなに騒がれてないみたいだが、さいきんの新聞はそういったSの話には目がないだろうねえ」

どん、という机を叩くような大きな音がして少女は驚いて饅頭を落としてしまった。

「娘は関係ないだろう！」

これまで一度もきいたことのないタケダの取り乱した声に、少女は涙が落ちるのを感じる。どうして、タケダはこんなに苦しそうなの。わたしのことなんてどうでもいいのに――。

蛇のおばさんのとりなすような声がきこえて、また低い声。

「まあ、そう短気になっちゃいけないよ。台湾は小さい島だ。どこへいったって、しまいには協力するほかなくなるさ」

それから席を立つような音がきこえて、はじめてきく声がいった。

「タケダ先生、よくよく考えてくださいよ。つまらない主義のために人生棒に振ることはありませんよ」

少女は寝台の上に立って、こっそり納屋の窓から外を見た。玄関からでてきた男を見た瞬間、呼吸が止まりそうになった。少女は必死で息を整える。車のエンジンがかかる音がする。少女は倒れそうになりながら、近くにあった鎌を右手でひったくるように取ると表に飛びだした。砂煙だけ残して、車が走り去ったあとだった。少女は鎌を干し草の束に投げつける。その激しさに、阿春と多謝が身を震わせた。

月光の下で見た男は、おそろしく長身で額に三日月のような傷があった。集落が燃やされた晩に、モーナの隣にいた男だった。――わたしは絶対に忘れない。


翌朝、タケダはつきものが落ちたような顔をして、少女にいった。

「シズカ、内地に行きなさい。母さんとも話して、あっちでいちから生活を立て直すのがいちばんいいいって結論になったんだ」

蛇のおばさんを見ると、さみしそうな、でもタケダの言葉を肯定するような笑みを浮かべる。

少女は、内地に行こうなんてまったく考えてもいなかった。それでもその話をされた瞬間に、頭のなかにナツカの姿が浮かんだことは否定できなかった。どうして？　ときくとタケダは、頭をかきながら、いった。

「あっちに行けばねえさんもいるし、おまえの好きな絵の勉強もできるだろう。母さんの遠い親戚のおばさんが大きな港町に住んでるんだ。この街なんてちっぽけに思えるくらい広い世界があるんだ」

少女は、タケダが頭をかくのは、心にもないことをいっているときだということを知っている。それでも、わかった、といった。タケダは安堵の息をもらす。少女は、自分はもうタケダのかかえていることをきくこともできるのに、と思って悲しかったけれど、寝ている亀を歩かせることはできない、という子どものころにきいた諺(ことわざ)を思いだして、あきらめた。遠い遠い昔、祖母が語ってくれたその諺の真意は、話したくないことをききだすことはできない（口を開くのを待つしかない）、というものだった。いつかタケダはわたしにほんとうのことを話してくれるんだろうか。

しかし、その機会は永遠に訪れなかった。長い船酔いの末にたどりついた港町で少女が最初に受け取った邱おばさんからの手紙には（蛇のおばさんは文字が書けないから代筆をたのんだのだろう）、少女が旅立った晩、タケダが自ら命を絶ったということが震える文字で記されていた。

その街での日々の記憶はほとんど抜け落ちてしまっている。内地にくれば姉に会えると思っていたのに、リーファは女学校を中退していて行方しれずだった。少女は、タケダにだまされたのだと恨めしく思った。でも、タケダがあの額に傷のある大男から少女を逃がしたのだということにも気づいていた。ナツカの編入した学校を探す手段も思いつかなかった。

近くに森もなく、川のせせらぎを感じることもない、海の街での暮らし。少女が女学校に通った要塞の街に比べたら、街は開けていて、雰囲気も明るかったけれど、少女はこの街でも「ガイジン」だった。リーファが女学校からいなくなった理由も少しわかったような気がした。

蛇のおばさんの遠い親戚だという頼（らい）おばさんはにこりともしないひとだった。そのうちなにもしない少女を見かねて、家業の肉饅頭屋を手伝うようにいった。くる日もくる日も肉饅頭をつくって売る。毎日ネギを刻んでばかりいて、そのにおいがすっかりきらいになった。それでも、少女は器用だったのであっというまに店でいちばん速く肉饅頭を包めるようになった。絵がうまかったので、たのまれて店の看板も描いた。子どものころに見た森と色鮮やかな南国の鳥というモチーフ。それで客が増えることはなかったけれど、店の特色になると頼おばさんはめずらしく大喜びだった。

順調にまわりはじめたように見えた生活は、また台湾からの知らせで暗転する。

タケダが命を絶って半年、今度は蛇のおばさんが病院で息を引き取ったという。長年の苦労がたたっての肺の病だった。

――もうだれもいなくなった。またひとりぼっちに戻った。

少女は、生まれた森と育った家を失って、ついに土地とのつながりまで失ってしまったように感じた。自分の足で立って歩いているのに、ぽっかり地面がなくなってしまったような感覚だった。頼おばさんや店の従業員といった顔見知りはいたけれど、それは少女がはじめて経験するほんとうの孤独だった。

ある晩、ネギを刻んでいたら、あやまって親指の先を切ってしまった。さいわい傷は深くなかったけれど、流れる血が手の甲に赤い模様のように広がっていくさまを見て、少女はひとつのことを思いついた。厨房(ちゅうぼう)から千枚通しを勝手に拝借すると、屋根裏の寝室にこもって、灯りをつけた。

オレンジ色の白熱灯の下で、少女は記憶をたよりに手の甲に千枚通しで絵を刻んでいく。赤い血がぽつりぽつりと水滴のように染みだしてくるのを拭いては天井の太い梁(はり)にへばりついた煤(すす)をなすりつける。まず最初は左手に、それから千枚通しを持ち替えて右手に。最後に全体を見直して細かい修整をする。蛇の図柄が広がっていくたびに、なにかが戻ってくるようで少女は痛みも忘れて描き続ける。

一週間後、傷が治ると、そこには、蛇のおばさんのものと寸分違(たが)わぬ蛇が棲みついていた。頼おばさんはあきれたような顔をしたけれど、なにもいわなかった。肉饅頭を包むのになんの支障もないからだろう。

少女は手の甲の蛇を見るたびに、あの遠い森を、むせかえるような生きもののにおいを、暗闇のなかで自分に向かって伸びてきた光の蛇を、黄色い柳の花の下での口づけを思いだして、胸のなかに温かさが広がっていくのを感じる。そうして、いまでは少女のほかは知るひともいなくなってしまった歌を鳥のように口ずさむ。

第四部

基隆、一九四一年十一月二十八日

キョウハ　ニイサンノ　オカヘリ　マッテタヨ
ミナミカゼガ　フイテキタラ
ナツカシノ　クチブエダト　オモイダス
ナルワン　ト　コタエタイネ
「君の帰りを待つ」（戦地からの帰郷を待ちわびるプユマ族の歌）

台湾への船は廈門を夕刻に出発した。あたしは、ちっちゃくなっていく廈門とコロンス島をただただ祈るような気持ちで見送る。違う、あたしが見送られているんだ。あたらしい生が始まるはずだった大陸に。上海、広州、香港、廈門、どの土地に行ってもあたしは、外国人で、侵略者で、悲しいほどに日本人だった。ずっとずっと昔、先生に習ったストレンジャーという単語を思いだす。ストレンジャーであることをやめるほどの愛が結局はなかった。茶館のシャンシャン、シャオメイ、朝日倶楽部のモミヂ、ホアンおばあさん、死んでしまったミヨ、その土地の愛は、その土地に生きるひとのものだ。あたしは、愛に値する生を生きてはいなかった。

　漳州（しょうしゅう）の鬱蒼（うっそう）とした黒い山々がはるか遠くになって、それから見えなくなってもあたしは肌寒い甲板にひとりでいた。風はいつのまにか晩秋の風にかわっていた。あんなに暑かった十月が嘘のようだ。すべてのものから切り離されて、あたしは完全に自由になった。もう楊の指令に従う必要はない。郭は暗殺犯をでっちあげるのに忙しくてあたしのことなんてすぐに忘れてしまうだろう。ミツエは、上海に無事に帰れたんだろうか。それともあたしのかわりに、楊の後任者の指令で朝日倶楽部で働くんだろうか。そして、ヤンファ――。ミツエの不吉なつぶやきを裏付けるように、港で読んだ新聞には、コロンス島の沖で哨戒艇が不審なボートを銃撃して沈めたという記事があった。

　黒いうねりのようになった波をながめつづけていてもなんの答えも返ってこないから、あたしは船室に入る。贅沢（ぜいたく）すぎる一等船室にひとりきり。あの八人部屋でもみくちゃになりながら上海に渡ったときに比べたら、ずいぶん偉くなったものだ。でも、このさみしさはなんだろう。

　翌朝、まだ太陽が上りきるまえに基隆の港に到着する。あたしは、斜面に築かれた要塞のような街を、懐かしさとあきらめとが入り混じったような感情のなかでながめる。最初にこの景色を見たのは、十二歳のとき。あたしは、住み慣れた広島を離れるのがいやだったけれど、この砦の街の一軒一軒から立ち上る煙のなかに生活の息吹を感じて、あたらしい生活に少しだけ期待した。そのつぎは十三歳でこの街を離れるとき。でも、ふしぎだった。どんなに思いだそうとしても、そのときの感情をなにも思いだすことができない。記憶にぽっかりと穴があいたような感触だった。まだお父さまもお母さまも健在で、あたし自身も少しだって世間の荒波を感じていなかったはずなのに。

汽笛がなって、下船のタラップが下ろされる。トランクは軽いから、片手でも十分持てる。荷運びが何人か集まってきたけれど、あたしが軽々とトランクを持ち上げたら、つまらなそうな顔をしてほかの下船客のほうに行ってしまった。上海についたときのように、あたしを迎えにきてくれる楊はもういない。あたしが自分自身でどこに行くか、どこで泊まるか、なにを食べるか決めないといけない。そういえばミツエが、基隆は大都市だから、女学校時代の友だちを訪ねてきたっていったら女ひとりでも案外なんとでもなるはずよ、といっていた。

港は客引きでごったがえしている。廈門が小さな港湾都市だから忘れていたけれど、港にはありとあらゆる人間が集まる。港湾荷うけ、女衒（ぜげん）、ヤミ両替屋、泥棒、宿の客引き、そして憲兵たち。あたしは身を硬くして人ごみを歩き抜ける。

「安いよ！」

「ねえさん、車は？」

「どこまでいくの？」

「お宿はお決まりですか」

あたしは、客引きたちの輪からはじきだされて、離れたところでひとり手書きの看板を掲げる少年に近づいていく。看板には、「海猫旅館、海水浴場近ク、景観スバラシイ」という控えめな宣伝文句と、松と砂浜の下手くそな絵が描いてある。殺気立った大人たちを横目に、あたし、この宿に行くのよ、といって、少年がつぶされないように注意しながら人ごみを抜けた。

台湾ではじめての海水浴場にほど近い高台に築かれた、見ようによっては和風建築に見える波瓦（なみがわら）の海猫旅館。おそらくは少年の母親とひとりの仲居さん、一匹の三毛猫のほかにはだれもいない、旅客すらいない。その宿があたしの基隆の家になった。

海猫旅館の部屋は海に面していて、朝日が砂浜を照らしていく様子を東側の窓から見ることができた。

――ほんとに景観スバラシイわね。

あたしは、この砂浜にきたことがある。それがいつだったのか思いだせないまま、とぼとぼと砂浜を歩いて貝殻を拾う。暖かい亜熱帯の台湾でもさすがに十一月の海に入ろうというひとはいない。海水浴場には今季の営業を終えた海の売店が、居心地悪そうにたたずんでいる。

また坂道を上る。そこからは西側に海水浴場が見える。ずっとずっと昔、あたしの家はこの真砂町（まさごちょう）にあった。いまは、その家にはぜんぜん知らない日本人の家族が住んでいる。あたしは、こんなところにはくるべきじゃなかった――。そんな思いが日に日に強くなっていく。失ったものばかりが錘（おもり）のように胸に沈んでいくのを感じる。

でも、それならばどうしてどこにでも行けるのに、内地までの切符を買わないのだろう。お金は、このまま旅館に泊まり続けても何年かは持つくらいあるのに。

十二月、米国との開戦の知らせが街中に駆けめぐる。きけばコロンス島も日本の軍隊が完全に占領し共同租界ではなくなったらしい。あたしは、ひたすら無力感に襲われ続けた。

岸というひとりの人間の命を奪う作戦にかかわったことが、この荒波のように迫りくる戦争の時代に対して、いったいなんの力になったというのだろう。感傷的なのもほどほどにしなさい、冷たい声でいうミツエの顔が浮かんできて、あたしはまたうなだれる。

米英とのあたらしい戦争にざわつく軍港の喧騒を逃れるように、人気のない山村を歩いて、冬のさみしい砂浜で貝殻を拾ったりした。「非常時」や「防諜」という標語が街に溢れ、憲兵や街のひとの目に怯えながらも、どうにでもなればいい、と半ば自暴自棄であたしはただただ抜け殻のように過ごした。

懐かしさにひたるのにも飽きてしまって、亜熱帯のそれなりに冷たい冬が過ぎて、街に春の長い雨の季節がやってきたころ、あたしは意識しないまま延ばし延ばしにしていた使命と向きあう旅にでることにした。

ずっとミヨが生まれたっていう金瓜石の街には行くつもりだった。行って、そこでどうするかはわからないけれど、あたしが代筆した手紙の受取人である春枝ちゃんの姿を見てみたかった。だけれど、それはものすごく怖いことでもあった。その存在が嘘であれば、あたしはミヨとのあいだの大事なつながりをなくしてしまうように感じるだろう。もし春枝ちゃんがほんとうにいた場合、あたしは、ミヨの最期を伝えるかどうか迷うだろう。

基隆についてから少し勉強はしていてもやっぱり言葉を満足に話せないあたしは、違う土地へのひとり旅が不安だった。そこで案内人を雇ったのだけど、これが近年まれに見る大失敗だった。京町楼や蝴蝶ダンスホールであれだけだめな男を見続けてきたのに、あっさりろくでなしの口車に乗せられるあたり、あたしは結局ひとを疑うことに向いていないのかもしれない。

ジローとは夜市で出会った。当局からの通牒で自粛が広がる夜市でも、ほそぼそと営業を続ける飲み屋をみつけては、あたしはなにかから逃れるように酒を飲んだ。そこで声をかけてくる男たちには十分警戒していたけれど、結局あたしはひとりで飲み続けるのはさみしかったし、ジローは軟派男たちとちょっと違っているように感じたのだった。

「ねえさん、ひとり旅とお見受けしました。おひかえなすって、わたくし、林家ジロー、生まれは信州上諏訪の、泣く子も黙る沢田組、隣で育ったお調子者よ。十五で家を飛びだして、大工に左官に博打打ち、宵越しの銭は持たねえその日暮らし、気づけば遠い基隆の夜市に遊ぶ親不孝、どうぞお見知りおきくだせえ。そんなろくでなしにも特技はあった、台北、基隆、花蓮、高雄、みんなあっしの庭みてえなもんだ。未踏の秘境へのご案内だって真心価格でいたしやすぜ」

威勢はいいけれど、ちょっと的外れな仁義のきりかたが、先生の小説の登場人物みたいで、つい言葉を返してしまった。

「ねえ、秘境なんて行かないでもいいけど、金瓜石に行ってみたいのよ。ご存知？」

思わせぶりな沈黙のあと、ジローは、ここいらは庭みたいなもんっていったでしょう、と胸を叩いた。絣の浴衣にカンカン帽という遊び人風の格好をしていたから、さぞお酒も強いのかと思ったら、白酒わずか二杯で酔い潰れて屋台に倒れ込んでしまった。結局、屋台の店主に余分にお金をはらって、そのまま朝までおいてもらうことにして帰ってきた。

――つまりはただのお調子者ってことね。

そんなふうだったから、翌朝七時という約束も半信半疑で基隆駅で待っていると、昨日と同じ格好でふらふらと千鳥足でやってきた。あたしのことは一応覚えているらしく、ねえさん！ と子犬がしっぽを振るように手を振る。二日酔いらしく、なにをきいても頭をかかえているのでしょうがないからあたしが駅員と話して、最寄駅までの切符を買った。

八時に基隆をでた汽車は一駅で八堵につき、そこで乗り換えて瑞芳まで行くという。そこからはよくわからなかったけれど、どうも乗合バスに乗ればいいらしい。八堵駅で乗り換えの汽車を待ちながら酔いの覚めてきたジローとどちらともなく身の上話をする。あたしは、基隆で高等女学校に通っていたということだけ話す。もう嘘の経歴を話す必要もなかったけれど、かといって松島遊廓にいたことも、諜報活動のことも、ほんとうのことはやっぱり話せない。ジローは、もともとは上海の観光案内をしていて、戦火を逃れるように台湾に渡ってきたという。

「いやね、言葉もよくわからねえし、船の行き先もわからねえしでさんざん苦労したんすよ。ようやく広州で下りたって思ったら、すぐに捕まって香港送り。茶館で出会った銀行の駐在員のおっさんにたのみ込んで旅費借りて、なんとか台湾までたどりついたんでさあ。きてみたらこっちは日本語も通じるし、内地から観光客もつぎつぎにやってくるし、あっしみてえな口から生まれた人間なら稼ぎには困らねえって話ですよ」

それがいまから三年前のことで、きけばいまでも閩南語どころか北京語も満足に話せないという。

「ちょっと待ってよ。じゃあ、金瓜石までどうやって案内するつもりだったわけ？」

あたしが声を荒らげると、まあまあ、まかせておくんなさいよ、と少しだけ困った顔をした。

「旅ってものはね、道連れがいればなんとでもなるんですよ。ねえさんだって、あっしのおかげでこの汽車に乗り込んで旅の第一歩を踏みだせたってわけでしょ」

「二日酔いのだれかさんがあてにならないから、駅員にきいたのも、切符を買ったのも、あたしだけどね」

そう悪態をつきながらもあたしは、ジローのいうことにも一理あるかと感じている。

基隆川の荒々しい流れを見下ろす渓谷に沿って、十五分。汽車は瑞芳駅へすべりこむ。駅まえには、自動車や乗合バスが停まっていた。鉱山から産出された金を直接運ぶための軽便鉄道の軌道もあるとジローが教えてくれた。あたしたちが向かうのは、南方屈指の金鉱地帯であるらしい。

ここでジローははじめて案内人としての力を発揮してバスの乗車券を購入してきてくれたのだけどあとで後悔することになる。ついでにあたしが渡したお金のおつりで勝手にちまきと木彫りの仏像を買っておみやげにってくれた。ジローの話では、燃料不足でバスの便数がずいぶん少なくなっているという。

乗合バスには鶏を入れたカゴを抱えた老女や行商人に交じって、旗袍に身を包んだ若い女性もいる。金鉱の街には、娼婦の働く銘酒屋もあるときいていたから、そこに向かうのかもしれない。かつて松島にいたころのことを思いだしていたら、乗合バスが発車する。基隆川に沿って走り、十数分、山にへばりついたような九份（きゅうふん）という街の小さな広場でバスは停まる。このバスはここまでで引き返すという。ジローにきくと、もちろん予定通りですよ、ちょっと腹ごしらえでもしましょうや、とひとり急な階段道を上り始めた。

「この街はね、坂の上の国民学校からの眺望が最高なんですわ。ねえさん、べつに急ぐ旅ってわけじゃないんでしょ。ちょっと騙（だま）されたと思ってつきあってみてくださいよ」

たしかにまだ時間は十時をまわったくらいだったし、あたしはすっかり騙されたつもりになってジローのあとを追う。街の景気がいいのか、急な階段沿いの商店は活気に満ちていて、途中郵便局や映画館まであった。ジローはまったくお調子者でたよりなかったけれど、この街はよく訪れているのか、軒先に腰掛ける店主や娼婦らしい女たちと挨拶を交わしながら歩く。食べものについてもそれなりにくわしかった。ものすごいにおいのする豆腐の食べかたや、軒先に吊るされた丸鶏の名前、ジーパイと呼ばれる鶏肉の唐揚げをあたしのお金で買ってはつぎつぎに渡してくれた。

行きつけだという坂のいちばん上にある居酒屋の窓際に陣取った。店の奥には、午前中だっていうのに一杯引っかけて顔を赤くしている男たちがいて、あたしが店に入ると軽く口笛を吹いた。ジローが一瞥（いちべつ）すると、視線をそらして、また酒を飲み始めた。戦時下ムード一色の基隆ではとても見られない光景だと、あたしはぼんやりと思う。

あいにく海ははるか雲の下にあるようだ。黒い雲をながめながら、昼からビールをあけるジローにつられてあたしもついついビールを飲む。水餃子（すいぎょうざ）や、蒸し鶏、青梗菜（チンゲンサイ）炒めといった香ばしい料理をあたしのお金で注文するとジローは、恩着せがましく、ねえさんがこんないい思いできるのもあっしとの出会いがあったからなんすよ、といった。

「なにいってるのよ。全部あたしのお金じゃないの」

そういいながらも、あたしはジローが憎めない。たぶん、あたしはミヨが生まれた街に向かうのが怖いのだ。だから、こんなお調子者と気を紛らわすように、生ぬるいビールを飲んでいる。

昼頃に降りだした雨はどんどんひどくなり、午後にはほとんど暴風雨のようになった。ほろ酔いで眠り込んでいるジローを起こして、どうするの、ときくと、ジローはめんどくさそうに、このちょうど隣にお世話になってる宿があるんでさあ、きょうはここまでってことにして明日の朝に向かいましょうや、と半分眠りながらいった。

あたしの不信感に満ちた視線に気づいたのかジローはとりつくろうようにいった。

「ああ、もちろん部屋はねえさんの分だけとって、あっしは納屋で寝ますよ。宿のご主人がいいひとでね、あっしが客を何回か連れてきたら、納屋は自由に使っていいって寝台まで用意してくれてるんすよ」

なんだかジローのいいカモになっている気がするけれど、この嵐のなかで山を下りる気にもならず、どうにでもなれ、と隣の宿屋に向かうことにする。宿の主人は、尾上松之助（おのえまつのすけ）の目玉だけ小さくしたような愛嬌のある顔をしていて、たしかにジローのいうようにいいひとだった。軒先で湯気を上げる蒸籠を指さして、お腹が空いたらいつでもこの饅頭を食べなさい、といってくれた。

翌朝も豪雨で結局海もなにも見えない雲のなかで過ごす。ほんとうになにも見えないので、また隣の居酒屋でだらだらと酒を飲む。居酒屋の二階は、木賃宿もかねているようで、時折女を連れた若い男が上がっていってはしばらくして下りてきた。

宿の主人はひどい雨のなか、坂の下まで行って親切にも日本語の新聞を届けてくれる。日本軍は一月にマニラを占領して、以降もシンガポール、ジャワとつぎつぎに南方へ戦線を広げている。新聞をながめながら、無性に楊と話したくなった。あたしは恐れをいだきながらも、あのひとを信頼はしていたんだと流浪の日々が始まってから思うことが多い。

あたしの気もしらず、ジローは、焦ってもどこにも行けませんぜ、と朝から白酒をひっかけて昼には寝ている有様。ときどき、ちょいとそこまでってこそこそと出かけているので、どこかの銘酒屋に馴染みの娼婦でもいるのかもしれない。

——あたしはいったいなにをしているんだろう。

金瓜石、一九四二年四月

結局、長雨どころではない暴風雨のような天気が一週間続いて、それからからりときれいに晴れた。宿のベランダにでて、あたしは、あっと声をあげる。これまで黒い分厚い雲に阻(はば)まれて見えなかった下界は見渡す限りの真っ青な海だった。基隆も海を見下ろす斜面に築かれたような街だけれど、ここからの景色はまるで空に浮かんでいるみたいで、あたしはしばらく言葉もなく、朝靄が立ち上ってくる山とまぶしいくらいの海を見ていた。

「ほら、これであっしのいったことを、少しは信じようって気になったんじゃないですか。内地でこんな美しい眺め、見たことないでしょう」

うしろから話しかけてきたジローの息は、朝だっていうのにやっぱり酒くさかった。あたしは、昨夜のうちにひとつの決断をしていた。それは、もうあたしひとりで十分だってことだ。

「いいわ、あなたはここで飲んだくれてて。ここまで連れてきてくれたことには感謝するわ。たった一時間程度の道中だけど、夜市であなたに会わなきゃまだ基隆にいたかもしれないし。あたし、歩いて金瓜石を目指すわ」

ジローはすっかりうろたえた顔をして、とんでもない、女の足でどれだけかかると思ってるんです、あした酔いが醒めたらあっしが案内しますよ、と必死に食い下がってきたけれど、あたしが手切金のつもりであと二日分の酒代を渡すというとおとなしく引き下がった。

ジローは、女の足で、といったけれど、あたしは昨夜、宿の主人にきいてだいたいの距離を知っていた。主人は子どもの足でも、遅くとも一時間あればつくと教えてくれた。山あいとはいえ、大きなバス道が通っていて、ひとの往来もあるし、なんなら下の広場で乗合バスを待てば十分程度だとも教えてくれた。昨夜まで自分できこうともしないでジローにたよりきっていたあたしも間抜けだったのだ。とはいえ、ジローには悪意がないことはこの一週間でわかっていた。あわよくば人のお金で楽しみたいという、悪党にすらなれないお調子者だ。思いだしてみれば、ジローは嘘はつかなかった。九份には死ぬまでには見たほうがいい絶景が広がっているといい、晴れれば海まで見渡せるといい、雨の日に出発するのは難しいといい、金瓜石はこの奥にあって時間がかかるといった。少しばかりの余分な散財になったけれど、ミヨのことを考えて悲しみにくれるよりはいい道中になったとすら思うあたしは、救いようのないお人好しなのかもしれない。

宿のベランダに身を乗りだして、子犬のような顔をしてさみしそうに手を振っているジローに、さよなら、っていうと、海を眼下にのぞむ階段を下り始めた。

——あなたも元気でね。

四月だっていうのに、山の上の太陽は暑いくらいで、すぐに背中が汗ばんでくるのがわかる。金鉱の街がすっかり目覚めたのか、山あいにエンジンやトロッコの音がこだましている。階段の下のほうから吹き上げてくる風が気持ちいい。

あっというまにこの街にきたときにバスを下りた小さな広場についた。バスは停まっていなかったからまた道を尋ねる。あたしの下手くそな発音でも、「金瓜石（ジングアシィ）」は十分に通じるようで、ものめずらしそうにあたしの顔をのぞきこみながら、赤い髪留めの少女は自分がきたのとは逆のほうにのびた広い道を指さしてくれた。おねえさん、日本人でしょ、ひとり？　うしろからそういう声がきこえた。

牛を連れた老人、天秤棒をかついだ子ども、大きな鞄をかかえた子どもとすれちがう。小高い山をまわりこむように蛇行する車道をしばらく行くと霧がでてきた。深い霧のなかで数歩先しか見えなくなる。激しい警笛を鳴らして自動車が一台走り去っていった。車の警笛が遠のいていくと、あたりは再び静寂に包まれる。

あたしは真っ白い霧のなかに、あたしの第二の生が始まってからいままでの決して短くはない、けれどあっというまの旅のなかで出会ったひとたちの顔を思い浮かべる。横浜で世話をしてくれた滝廉太郎眼鏡の梁は元気だろうか。あなたのいうとおりだった。海を渡って、日本の軍隊の猛威にさらされるひとたちのなかにいると、あたしたちの国がどれだけ激しくほかの文化や尊厳を奪い去ろうとしているのか、恐ろしいくらい伝わってきて、あたしは何度も申し訳ないような、そんな感情では足りないような思いに襲われた。

優しい笑みを浮かべた梁山泊の主人はいまでもあたしみたいな女や活動家を逃がすために体を

はっているのだろうか。船のなかでなにもわからないあたしに世話をやいてくれたおかみさん、数十年ぶりに帰った郷土は逃れてきたはずの日本の軍隊に占領されてしまったけれど、無事でいるだろうか。そして、楊のニヒルな笑みと低い声が思い浮かぶ。あたしの楊への感情は複雑だ。あたしにあたらしい道を示して、保護し、指令を与え、ときには笑わせてもくれ、最後にはまたあたらしい生をくれた。あなたはいったいどういうひとだったのかしら。なにかの使命感を抱えていたことはたしかだけれど、楊自身の人生はどこにあったんだろう。あたしがその答えをみつけることはたぶん一生ないだろう。

もはや懐かしくなりつつあるひとたちの顔は、はっきりと思いだせるのだけど、どこか霧のように定まらなかった。お別れをいうこともできなかったシャンシャンは元気だろうか。肉松はいまでも家出を繰り返してシャオメイを泣かせているのだろうか。モミヂはあたしのいなくなった朝日倶楽部で、宝塚やレビューの話をする友だちを見つけられただろうか。もう更新されることのない記憶のページはどんどんめくられていって、マチコの意地の悪い笑み、郭の背筋が冷たくなるような笑い、岸の手の感触まで思いだす。そして、ヤンファ。あのとき、ほんとうにさよならっていったのだろうか。

忘れられないひとたちの幻影は、海猫旅館の少年からついに九份でだらしなく寝そべるジローにまでたどりついて、ようやくそこで途切れる。いまの時間が戻ってきて、あたしはいまだ会ったことのない春枝ちゃんの顔を思い浮かべる。ミヨに似た利発そうな少女を想像する。ねえさん、あたしよりずっと美人に決まってるやろ――威勢のいいミヨの声がきこえてくるみたいだ。

霧が晴れてくると、遠く家々の赤茶けた瓦と、斜面に建てられた大きなお墓が目に入った。九份の宿の主人が、鉱山で働くと肺を悪くして五十歳になるまえに死んでしまう、と教えてくれた。あのたくさんの墓にはそんな鉱山で働いた男や女たちが葬られているという。やがて道はまっすぐになって、街の賑わいが感じられるようになってくる。バスの停留所を通り過ぎ、いつのまにかあたしは金瓜石の街に入っていた。

バス停から街の中心に向かって伸びる通りには、雑貨屋、ホテル、食堂が数軒ならんでいて、朝食を食べるひとで賑わっていた。蒸籠から湯気があがる食堂のまえを通りながら、これが街の「目抜き通り」なら、ミヨが廈門の大漢路を銀座なんて名づけていたのもうなずけると思った。道を歩くひとたちはちょっと季節外れなワンピースを身にまとったあたしを一瞥しただけで、通り過ぎていく。日本語の看板と駐在所、郵便局——植民地の見慣れた光景。くる途中に斜面にへばりつくように建てられていた掘っ立て小屋に比べると、このあたりの家々はほとんどがきれいな木造建築だから、日本人街なんだろう。そういえば宿屋の主人は、山の中腹には何年かまえに建て替えたばかりの金瓜石社と呼ばれる神社があるとも話していた。

あたしは、その目抜き通りを歩きながら、説明できないようなふしぎな感覚に襲われていた。遠い昔に夢で見たような、足はこの道を知っているようなそんな感覚だった。この雑貨屋で観光絵葉書を買って、郵便局で切手を貼ってもらう、それから車道を少し歩くと……そう、せせらぎがきこえてきて、急峻な斜面を流れる川のほとりにたどりつく。夢のなかの道をたどるようにあたしは、そのはじめての街を歩き抜け、川沿いの道を海が見えるほうに向かって歩く。春の気持ちいい暖かさのなかに、草花のにおいが充満している。

川に垂れ下がるように伸びた柳の枝の下に入ったとき、黄色い花をいっぱいにつけたその枝が擦れる、かさかさという音のなかに包まれたとき、あたしは、霧が晴れていくように、いつかのあたしの、そして、その目のまえにいる大きな瞳の少女の姿が戻ってくる。

——あなた、だったのね。

その瞬間、涙があふれだしてきて、あたしはもう立っていられなかった。柳の花の下で、あたしが震えながら口づけをした少女の目の色は、あたしが廈門の街であれだけすぐ近くで過ごした女と同じ深い琥珀色だった。

ヤンファ。

あたしは、なんてひどいことをしてしまったんだろう。あなたを置き去りにして、この土地から逃げていって、自分の傷のなかに閉じこもって、すっかり忘れ去ってしまうなんて。あなたの目の色も、やわらかい唇も、においも、髪の感触も。あなたは名前までかえて、楊花(ヤンファ)、柳の花っていう手がかりを与えてくれていたのに。

そのとき、川のせせらぎに混じって、鳥の声のような歌声がきこえてきた。遠い記憶のなかで、そして第八市場の裏路地のせまい部屋のベッドの上できいた旋律だった。顔をあげると、まぶしい陽光のなかを、背の高い女のひとが少女の手を引いて歩いてきた。軽やかな足取りであたしのところまでくると、懐かしい声がきこえた。

「どんだけ待たせるつもりやったん？　もう春やで」

あたしはうまく言葉がでてこない。一言だけ、リーファ、って懐かしい記憶のなかの少女の名前を呼んだ。

照れくさそうに微笑むと、やっと帰ってきたんやね、とヤンファも上を向いた。涙が光っているのが見えて、ああこの子はかわっていなかったってあたしは思う。記憶のなかのリーファは意地っ張りなのに、小さな親切とか優しい言葉にめっぽう弱くて、いつも自然にこぼれてくる涙を隠していた。

手を引かれていた少女が、痛いの、と心配そうにヤンファにきいた。その子がミヨの子どもだってことは、きかないでもすぐにわかった。利発そうな目も、愛嬌のある口元までそっくりだった。

涙をふくとヤンファは笑顔をつくって、座り込んでいるあたしの髪を撫でた。

「リーファってほんまはねえさんの名前やねん。この子はねえさんの子ども。ずっと手紙書いとったし、よう知っとるやろ」

あたしは、体のなかですべてがつながっていく感触にまた涙が溢れるのをおさえられない。懐かしい時間が一気に戻ってきたようだった。あたしが少し落ちつくとヤンファはいった。

「さあ、行こか」

「行こうってどこへ？」

「うちに決まっとるやろ。母さんが死んでからずっと空き家のままやったんよ」
――あたしの旅はようやく終わりに近づいている。

汗ばむような陽気のなか、納屋の寝床に横になって、毎晩のようにヤンファの話に耳を傾けた。最初は、厳戒態勢のなか、どうやってヤンファが台湾までくることができたのかという素朴な疑問の種明かしだった。あたしは、コロンス島沖での銃撃の記事を読んでヤンファを思い浮かべたのだけれど、あれはもうひとりの暗殺者の大男のことだという。噂ではその大男も無事に台湾に逃げ延びたらしい。ヤンファは、実際にはコロンス島にすら渡っていなくて、あたしよりも早く台湾についていた。ヤンファは、ニヤッと笑うとタケダシズカという日本名が書かれた身分証明書を見せてくれた。いかにも真面目そうな眼鏡をかけた女性が写っていて、これならだれも疑わなかっただろうとあたしは思う。

それから話は遠い記憶を溯(さかのぼ)っていく。森のなかの記憶、ブーナ兄さん、心優しいオピル、意地悪なワリス、刺青の祖母、タケダ、蛇のおばさん、楊――みんな死んでしまった。あたしは、ヤンファと楊は廈門で出会ったとばかり思っていたけれど、意外にもヤンファが上京して早稲田近くのアナーキスト組織に出入りしていたころ、留学生だった楊に出会ったのだという。つまり、楊が早稲田に留学していたという話はほんとうだったのだ。

そして、ミヨのこと。廈門で最初見かけたときは、すぐに姉とはわからなかったけれど、何回かあたしとミヨの話を盗みぎきしているうちに声で気づいたという。

「ねえさんは、ときどきほんま意地悪なんやけど、声はすっごい優しいんよ」

あの晩、用事を終えて夜遅くにあたしの部屋に行ったヤンファは、机の上のミヨからの葉書をみつけて強い胸騒ぎを覚えた。海洋楼から、路面に落ちた「バット」の吸い殻とあたしのサンダルの足跡を手がかりに、なんとか海岸までたどりついたのに、結局間に合わなかった――。

「でも、ねえさんはうちって最後まで気づかんかったんやろなあ」

そういいながらヤンファは悔しさとさみしさが入り混じったような表情を浮かべた。でも、あたしは、ミヨはきっと気づいていたんだと思う。泰山交差点で、あのきれいなひと、といったときのミヨの表情に浮かんでいたのは、きっと懐かしさだ。

エピローグ

　足で踏みつけられた森のシダが水滴をはねあげる。ヤンファはほとんど駆けるように森をゆく。夏の陽光が差し込んできて、はねあげられた水滴に虹がかかる。虹の道を歩いているみたいだ――あたしはそんなふうに思う。一週間くらいまえ、ヤンファが、ナツカがわたしの旅を終わらせて、と女学生のときみたいな言葉遣いでいった。あたしは、旅を終わらせる旅にでよう、と約束する。

　一週間分の食料と防寒具、雨具を鞄に入れて、登山用の着慣れないカーキ色の便衣を着て、朝早く、歩き始める。春枝ちゃんはいつもよりずっと早く目を覚まして、あたしたちの出発を見送ってくれる。少し腰の曲がったお隣の邱おばさんと手をつないで、ミヨにそっくりの笑みを浮かべて。

　子どものころにヤンファが街にたどりついたときに見た遠い記憶のなかの景色をたよりに、鉱山を警備する兵隊にみつからないように注意しながら、山に入ってゆく。尾根道にはここちよい風が吹き抜けていく。背後には真っ青な海が広がっていて、目のまえ、はるか遠くまで緑の山々が連なっている。霞のように見える白い山の頂（いただき）を指さして、ヤンファは、あの麓（ふもと）からきたの、という。あたしは、とても信じられないと思う。あんなに遠くから子どもの足で、ここまでくるのは不可能だ。そういったら、ヤンファは、ふん、と鼻で笑った。

「うちはだれよりも足が速かったんよ」

一緒に歩いていておいていかれそうになるたびに、それはあながち嘘じゃないかもしれないと思う。ヤンファはいつも少し先であたしを待っていてくれる。最初の晩は、木材おき場のような場所で毛布にくるまって寝た。七月でも山の夜は凍えるくらい寒い。

翌朝、また同じように、山道を歩く。尾根にでたと思ったら、暗い森のなかにもぐっていき、そこからまた光が降り注ぐ尾根にでる。あたしは、息苦しさにあえいでいるけれど、ヤンファは歌を歌っている。警察の駐在所がある集落が見えたときだけ、早足で身を低くして歩く。山奥のいくつかの集落は、十年ほどまえの大きな武装蜂起事件以来、立ち入りが制限されるようになっているとまえにきいていた。ヤンファの集落を攻めたモーナは、今度は銃を取って日本人とのたたかいを指揮して命を落としたという。その話をするとき、ヤンファは自分たちの敵なのに、どこか悲しそうだった。二日目の晩は、渓谷の洞窟のなかに毛布を広げて寝た。洞窟は外よりは暖かかったけれど、蛇やムカデがでてきてあたしは落ちついて寝られない。ヤンファはあっというまに寝息を立てている。

五日目の朝、はるか遠くに見えていた白い山がほど近い場所にあることに気がついた。ヤンファはなにかを感じているのか、言葉も少なくなった。昼まではひたすら険しい登りであたしはついに歩けなくなって、岩場に座り込んだ。見下ろして、思わず、わあ、と声をあげる。視界のはるか下のほうに広がる平原が咲き乱れる花々で黄金色に染まっていた。ヤンファもすぐ隣に座って、その景色をながめる。

「金針花やね。日本語ではワスレグサ」

そうなんだ、と答えながら、あたしはこの景色をもう決して忘れないと思う。

そのとき、太陽の光に照らされた梢(こずえ)で歌うように鳥が鳴いた。その歌にヤンファは、耳をすました。あたしも、耳をすます。鳥の歌と、風が木立を揺らしていくしずかなささやき、そして、どこかから川の流れるような音がきこえてきた。

わかった！　そう叫んでヤンファは駆けだした。シダを踏みしめて、倒木を飛び越えて、小石や棘(とげ)のある枝を上手に避けて、奥へ奥へと駆けていく。あたしは、ヤンファが見えなくなった方向に向かって伸びる太陽の光に沿って、ゆっくりと自分の速さで歩きだす。

立ち止まって、目を閉じる。あたしは、このまま歩き続けるだろう。そして日が傾くころには、森のつきるところにたどりつく。森がつきて集落が開けるところ。かつて少女の兄ブーナという青年が、体の大きいオピルという少年が、意地の悪いワリスという頭目の息子が、そして顔に文様を彫った祖母がいたところ。あたしの国の兵隊が踏みにじり火をつけた家々があったところ。

洞窟に隠れていた女と老人たちによってあらたに多くの家が築かれ、生き延びた子どもたちはすっかり大人になっている。その集落の外れ、かつて少女と祖母が暮らしていた場所には、目の大きな女がひとり、たくさんのひとたちにかこまれて、照れくさそうに笑っているだろう。あたしの顔を見ると、すねたような表情をして、ずいぶん遅かったやん、待ちくたびれたわ、という。あたしは、集落の焼け落ちた家々が、血の染み込んだ大地が、木々の一本一本が、かつてこの場所で生まれた少女が大人になってふたたび還ってきたことを喜んでいるのを肌で感じる――。

――目を開けて。

あたしは、胸の奥のほうから声が響いてきたように感じて、勇気をふりしぼって目を開く。遠くからヤンファの呼ぶ声がきこえる。ついにたどりついたのだ。

想像のなかの光景とは、まったく違っていた。森は、焼け落ちた集落をのみこむようにただ広がっていた。ひとがそこに住んでいたことを伝えるものは、地面から垂直に伸びた黒い何本かの柱と、地面に開いた大きな丸い穴になみなみと溜まった雨水だけだった。あたしは、ヤンファの顔を見るのが怖かった。泣いているんじゃないかと思った。それでも、歌声がきこえるほうを見上げる。

ひときわ高い木の梢に腰かけて、鳥のようにヤンファは歌っていた。あたしに気がつくと、大きな声でいった。

「ずいぶん遅かったやん。はよ、登っといで」

そんなに簡単に登れるわけないいじゃない、そういいながらもあたしは、枝に足をかけて必死で登る。木登りなんて、小学校のとき以来だ。ヤンファが伸ばしてくれた手をとって、太い梢にまたがる。

そこからはどこまでも見渡せた。あたしたちが歩いてきた深い森も、冷たい風が吹き下りてくる白い山も。燃えて炭になった柱には植物の蔓が巻きつき、おそらく畑だったところは野生化した巨大な芋の葉や蔓で覆いつくされている。血がしみ込んだ大地には、亜熱帯の植物が生い茂っている。

まるで傷口があたらしい皮膚で覆われているようだ。

それでも、傷がきえることは決してないだろう。あたしたちは、一面に広がる傷痕のような風景をただしずかにながめる。しばらくしてヤンファがささやくようにいった。

「――忘れんといて。ここにはうちが生まれた家があったんよ」

あたしは、ヤンファの目を見て、強くうなずく。それからヤンファは、あたしに生まれたときの名前を告げる。あたしは、その名前を何回も何回も愛おしく繰り返す。ヤンファもちょっと照れくさそうに、ナツカ、と名前を呼んで、その手であたしの頬にふれた。西に大きく傾いた太陽に照らされて、手の甲に彫られた蛇が生きているみたいに光る。奪われていったものを取り戻していく厳かな儀式のような時間。

あたしは、ヤンファの旅が始まって、そして終わろうとしているこの土地で、自分の旅があらたに始まったことを知る。それは、ひとりではなくて、多くのいなくなったひとたちの記憶にいだかれた、長く長く続く旅だ。

主な参考・引用文献

書籍

北里闌『日本語の根本的研究』紫苑会　一九三〇年

澤重信『日本視察感想集』（非売品）一九三九年

下村作次郎『台湾文学の発掘と探究』田畑書店　二〇一九年

孫大川（パアラバン）　下村作次郎訳「ペンでうたう―台湾原住民文学誕生の背景と現況、そして展望―」『台湾原住民文学選8　原住民文化・文学言説集Ⅰ』草風館　二〇〇六年

台北帝国大学言語学研究室『原語による台湾高砂族伝説集』刀江書院　一九三五年

田中薫『台湾の山と蕃人』古今書院　一九三七年

鍾理和、李喬ほか　松浦恒雄監訳『客家の女たち』国書刊行会　二〇〇二年

永井良和『社交ダンスと日本人』晶文社　一九九一年

長谷川テル　高杉一郎訳『嵐の中のささやき』新評論　一九八〇年

華公平『従軍慰安所〔海乃家〕の伝言』日本機関紙出版センター　一九九二年

林雅行『台湾・金鉱哀歌』クリエイティブ21　二〇〇九年

見上保『台湾・霧社事件の今昔―悲惨な事件とその裏面史―』（非売品）一九八四年

宮川次郎『厦門　AMOY』盛文社　一九二三年

モーナノン、トパス・タナピマ　下村作次郎訳『台湾原住民文学選1　名前を返せ』草風館　二〇〇二年

山家悠平『遊廓のストライキ　女性たちの二十世紀・序説』共和国　二〇一五年
リカラッ・アウー、シャマン・ラポガン　魚住悦子訳『台湾原住民文学選2　故郷に生きる』草風館　二〇〇三年

論文

上利博規「台湾語歌謡曲に見る近代化と文化の変質：日本の歌謡曲の成立と比較しつつ」『アジア研究』八巻　二〇一三年
恩田重直「騎楼と飄楼による街路整備の実施過程―1930年代初頭，中国福建省の廈門における都市改造―」『日本建築学会計画系論文集』第六一一号　二〇〇七年
片山剛「陸軍参謀本部は「南京攻略」作戦をいつから構想していたか―下令された作戦命令と配布された兵要地誌」『近代東アジア土地調査事業研究　ニューズレター』第一〇号　二〇二一年
タクン・ワリス　魚住悦子訳「ガヤと霧社事件」『日本台湾学会報』第一二号　二〇一〇年
張原銘「記録映画『出草之歌』が描く台湾原住民戦争遺族の歴史的アイデンティティ」『立命館産業社会論集』第四三巻第一号　二〇〇七年
山家悠平「遊廓に生きるたくましい女たち―松村喬子「地獄の反逆者たち」（一九二九）とアクチュアリティ―」『京都造形芸術大学　紀要　GENESIS』第二二号　二〇一八年

WEB

猫鼠的地洞「汪鯤不辱使命」上中下　https://mp.weixin.qq.com/s/9A7dHRrLiP2FJn1vts5xkA

初出　「小説すばる」二〇二二年十二月号（抄録）
第三十五回小説すばる新人賞受賞作
（『亜熱帯はたそがれて——廈門（アモイ）、コロニアル幻夢譚』改題）
単行本化にあたり、加筆・修正を行いました。

本作品はフィクションであり、人物・事象・団体等を事実として描写・表現したものではありません。
本作品は二十世紀前半を描いており、今日の人権意識に照らせば、不適切な差別的呼称・用語が使用されている箇所があります。それらは、当時の思考や行動を描くうえで、作中に時代性や社会状況を反映するために必要と判断しました。読者の皆様のご理解を賜りたくお願い申し上げます。

青波 杏

あおなみ・あん

1976年、東京都国立市出身。近代の遊廓の女性たちによる労働問題を専門とする女性史研究者。京都大学大学院人間・環境学研究科博士後期課程修了。

楊花の歌

2023年2月28日　第1刷発行

著　者　青波 杏（あおなみ あん）

発行者　樋口尚也

発行所　株式会社集英社

〒101-8050　東京都千代田区一ツ橋2-5-10

電話　03-3230-6100（編集部）03-3230-6080（読者係）

03-3230-6393（販売部）書店専用

印刷所　凸版印刷株式会社

製本所　加藤製本株式会社

©2023 Ann Aonami, Printed in Japan

ISBN978-4-08-771829-4 C0093

定価はカバーに表示してあります。

造本には十分注意しておりますが、印刷・製本など製造上の不備がありましたら、お手数ですが小社「読者係」までご連絡下さい。古書店、フリマアプリ、オークションサイト等で入手されたものは対応いたしかねますのでご了承下さい。

本書の一部あるいは全部を無断で複写・複製することは、法律で認められた場合を除き、著作権の侵害となります。また、業者など、読者本人以外による本書のデジタル化は、いかなる場合でも一切認められませんのでご注意下さい。

小説すばる新人賞受賞作

好評発売中

コーリング・ユー

永原　皓

国際バイオ企業から海洋研究所に、世界環境を救うかもしれない微生物を収めたキャニスターを、シャチを訓練して海底から回収してほしいという依頼が舞い込んだ。セブンと名付けられた仔シャチは、愛情深く、他の動物とコミュニケーションできる能力があった。果たしてセブンは無事ミッションを遂行できるのか——。

第34回小説すばる新人賞受賞作